弘源

홍원

신가 新무협 판타지 소설

FANTASTIC ORIENTAL HEROES

홍원 9

신가 新무협 판타지 소설

초판 1쇄 찍은 날 § 2017년 12월 5일
초판 1쇄 펴낸 날 § 2017년 12월 12일

지은이 § 신가
펴낸이 § 서경석

편집책임 § 이지연

펴낸곳 § 도서출판 청어람
등록번호 § 제387-1999-000006호
등록일자 § 1999. 5. 31
어람번호 § 제2-2733호

주소 § 경기도 부천시 부일로 483번길 40 서경B/D 3F (우) 14640
전화 § 032-656-4452 팩스 § 032-656-4453
http://www.chungeoram.com
E-mail § chungeorambook@daum.net

ⓒ 신가, 2017

ISBN 979-11-04-91568-0 04810
ISBN 979-11-04-91291-7 (세트)

弘源 홍원

9

신가 新무협 판타지 소설

FANTASTIC ORIENTAL HEROES

청어람

弘源 홍원

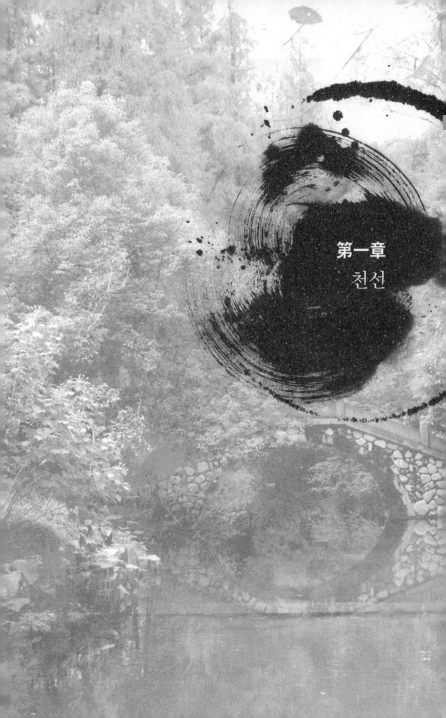

第一章
천선

넓은 석실 안에 붉은 기운이 넘실거렸다. 한가운데 가부좌를 틀고 앉아 호흡을 하는 북궁휘용의 숨에 따라 붉은 기운이 진해지고 옅어지기를 반복했다.

한참을 그렇게 호흡을 하던 북궁휘용이 깊게 숨을 들이셨다. 그 숨에 따라 석실을 가득 채운 붉은 기운이 그의 콧속으로 모두 빨려 들어갔다.

이제 야명주의 은은한 빛이 자리할 뿐이다.

북궁휘용은 서서히 두 눈을 떴다. 그의 눈동자에도 붉은 기운이 어려 있었다.

"됐다. 팔 성의 성취다."

그는 히죽 웃었다.

만족한 표정이었다. 천선을 이 정도까지 완성하고 보니, 이것이 얼마나 대단한 무학인지 알 수 있을 것 같았다.

"사숙조는 천선의 후반부를 모른다. 오직 문주에게만 전해지기에. 소문주로서 천선의 전반부만을 체득했을 뿐이야. 홍원이라는 사숙조의 제자 놈이 천선을 익혔다 해도 결국은 반쪽짜리다."

북궁휘용이 낮게 읊조렸다.

배분상 홍원이 그의 사숙이었건만 그런 것은 안중에도 없는 듯했다.

"다만 이걸로 그 괴물을 막을 수 있을까?"

고개를 갸웃거렸다.

아직 확신이 서지 않았다. 자신은 직접 보지 못했지만 천선문 전체를 상대했던 괴물이다.

지금 자신이 과연 그렇게 할 수 있을까? 잠시 생각해 보았다.

"가능은 한데……."

가능할 것도 같았다. 하지만 애매했다. 겨우겨우 감당할 것 같았기 때문이다.

"놈은 압도했다. 그러니 태상호법이 진을 발동시켰을 터. 아직 부족하다."

북궁휘용은 그렇게 결론을 내렸다.

이곳에서 수련을 한 지 어느새 일 년이다. 이곳에서도 신기하게 하루의 흐름은 알 수 있었기에 시간 감각은 있었다.

고작 일 년 만에 이 정도 성취라면 상상을 초월할 정도로 엄청난 결과였다.

다만 상대해야 할 목표가 그것을 아득히 넘어 있는 것이 문제였다.

"어떻게 한다……."

북궁휘용은 고민했다. 이곳에서 조금 더 수련을 할 것인지, 아니면 북궁패명이 자신에게 스며들었을 때 마지막으로 머릿속에 전해진 전언을 따를 것인지.

솔직히 욕심이 났다. 북궁패명이 스며들어 머릿속에 떠오르는 대로 수련을 한 결과가 이 정도였다.

이제는 홀로 수련해도 될 듯했다. 그렇기에 그 전언을 따를 것인지 고민하는 것이다.

이곳에서 일 년 정도만 더 보낸다면 대성은 아니더라도 십성 정도에는 이를 자신이 있었다.

그렇게 결정을 내리려던 북궁휘용은 이내 고개를 저었다.

"아니다. 이 모든 게 조사의 안배였어. 전언을 따르는 것 또한 안배에 포함이 된 것이겠지."

북궁휘용은 몸을 일으켰다.

팔성에 이르거든 출구를 부숴라.

북궁패명의 사념이 흘러듦과 동시에 출구는 거대한 벽이 내려와 막힌 상태였다.

천선의 전수 후 사념은 그 벽을 부수라는 전언을 작게 남기고 사라졌다.

"후우."

북궁휘용은 벽을 마주하고 숨을 깊이 들이쉬었다 내쉬었다.

그리고 허리의 검을 뽑아 들었다. 그의 몸에서 붉은 기운이 넘실거렸다.

붉은 검강이 더없이 진해졌을 때, 북궁휘용은 검을 가볍게 휘둘렀다.

홍원의 그것과 무척이나 닮아 있는 동작이었다.

서걱.

한 번의 절삭음이 울렸다. 그러나 결과는 달랐다.

거대한 바위벽이 산산조각이 나서 후두두둑 떨어져 내렸다. 사방이 막힌 공간에 자욱한 흙먼지가 피어올랐다.

단면은 깨끗했지만 바닥에 떨어지면서 피어오른 먼지였다.

북궁휘용은 내공을 움직여 단번에 먼지를 정리했다.

한 걸음 연공실을 벗어나니 일 년 전 이곳에 들어올 때는 보지 못했던 것이 있었다.

그것은 작은 좌대에 놓인 투명한 수정구였다.

"이것은?"

일 년 전에 같은 것을 보았다. 그때 반지의 기운이 수정구를 깨우지 않았던가.

그 기억을 떠올리며 북궁휘용은 반지를 수정구에 가까이 가져갔지만 아무런 변화가 없었다.

출구 쪽을 바라보니 그곳은 다른 벽으로 막혀 있었다.

북궁휘용이 북궁패명의 잔류 사념을 흡수할 때 내려온 벽은 하나가 아니고 둘이었던 것이다. 두 개의 벽에 의해 이곳이 다시 하나의 방처럼 격리되었고, 바닥에서 좌대가 솟아오른 듯했다.

그제야 북궁휘용은 사념의 마지막 전언이 이해가 되었다.

안배는 단계별로 되어 있었던 것이다. 한데 반지에 반응하지 않았다.

"그렇다면야."

반지에 반응하지 않는다면 시험할 것은 뻔했다.

자신이 이곳에서 얻은 것을 보이면 될 일이다. 안배였으니 그 결과를 증명해야 하겠지.

북궁휘용은 가부좌를 틀고 앉아 천선의 기운을 끌어 올렸다. 조금 전 호흡을 하며 수련할 때와 같았다.

그의 숨에서 붉은 기운이 스며 나왔다. 다시 한 번 붉은 기운이 공간을 가득 채웠다.

수정 구슬에 분명한 변화가 나타났다.

은은하게 빛나며 게걸스레 붉은 기운을 흡수하기 시작한 것이다. 북궁휘용은 그런 반응에도 침착하게 계속해서 기운을 채웠다.

이윽고 북궁휘용이 발현한 기운을 수정 구슬이 모두 흡수했다.

이제는 붉디붉게 변한 수정 구슬이 밝게 빛나기 시작했다.

그리고.

북궁휘용은 다시금 북궁패명을 만났다.

수정 구슬에서 북궁패명이 솟아올라 나타난 것이다.

[수고했다.]

북궁패명은 대견한 눈빛으로 북궁휘용을 내려다보았다.

"오랜만에 뵙습니다, 사조님."

북궁휘용은 포권하며 허리를 숙였다.

[나를 만났다는 것은 첫 안배인 천선의 팔 성을 이루었다는 것이겠지? 저 앞의 벽은 팔 성 이상의 천선이 아니면 부술 수 없게 해두었으니.]

북궁패명의 의지가 북궁휘용의 머리에 울렸다. 말투가 이전과는 상당히 달라져 있었다.

[그런 표정 할 것 없다. 첫 번째 안배의 사념은 어딘가 불완전했을 테니까. 오랜 세월을 버티게 사념을 남기는 것이 쉬운 일이 아니었으니. 지금 나는 네가 이룬 천선의 기운을 흡수하여 현신하였으니. 지금이 본디 나라고 여기면 될 것이다.]

북궁휘용의 의문을 안다는 듯 북궁패명의 말이 이어졌다.

[천선문은 어떻게 멸망하였느냐?]

북궁패명의 두 눈에 안타까움이 스친 듯한 것은 북궁휘용의 착각일까?

북궁휘용은 그 물음에 짧게 답했다.

"어마어마한, 괴물이라 불러야 할 한 사람에게 당했습니다."

[어떤 무공을 사용하였느냐?]

"부끄럽게도 저는 보지 못했습니다. 문주라고 가장 안전한 곳에 있다가, 진이 발동되었습니다."

북궁휘용이 고개를 숙였다.

[태상호법이 발동시킨 모양이군.]

북궁패명은 고개를 끄덕였다.

[네가 팔 성까지 익힌 천선은 진정한 천선이 아니다.]

그리고 이어진 말에 북궁휘용은 고개를 번쩍 들었다. 진정한 것이 아니라니.

천선의 위력에 감탄하던 것이 불과 조금 전 아니던가.

[네가 익힌 천선은 천선의 완성을 위한 토대에 불과하다.]

"토대……."

북궁휘용이 낮게 중얼거렸다.

[내가 완성한 천선 살룡(殺龍)을 이루기 위한 최소한의 토대 인 것이지.]

천선 살룡(天仙 殺龍).

천선문 역사를 통틀어 유일하게 천선을 완성시켰다는 북궁 패명이 스스로 붙인 자신만의 천선의 명칭이었다.

그 말에 북궁휘용은 주먹을 꽉 쥐었다.

팔 성에 이른 직후 바로 벽을 부순 것은 올바른 판단이었다. 만약 그곳에서 수련을 더해서 성취를 올렸다 한들, 헛수고에 시간 낭비였을 것이다.

굳이 살룡이라는 이름을 붙인 것으로 보아 자신이 앞서 전 수받은 천선과는 그 해석이 다를 것임이 틀림없었다.

[저 벽은 살룡을 대성해야 부술 수 있을 것이다. 내 생전에 내가 가진 천선의 기운을 불어넣어 강화해 둔 벽이니까.]

북궁패명이 출구를 막고 있는 돌벽을 가리키며 말했다.

[천선 살룡을 대성한다면 능히 홀로 천하를 독패할 수 있다. 그 어떤 적수도 없을 것이다.]

북궁휘용은 가슴이 두근두근 뛰는 것을 느꼈다.

천하독패.

사나이의 웅심을 자극하는 말이다.

[그러기 위해서는 천선 살룡을 완성해야 한다.]

그 말에 북궁휘용은 멈칫했다. 마치 대성과 완성을 다르다는 듯이 말하지 않은가?

[대성을 하여 이곳을 벗어나거든 필히 용을 잡아야 한다.]

북궁휘용은 두 눈을 치켜떴다.

용을 잡아야 한다니. 대체 무슨 말인가!

용은 상상 속에만 존재하는 것이 아니었던가.

[용은 실존한다. 용을 잡으며 그 극에 이르러 완성한 것이 살룡이다. 필히 용을 잡아 그 내단을 취해라. 그러면 천하 그 누구도 대적치 못할 것이다.]

"사조께서는 용의 내단을 취하셨습니까?"

북궁휘용이 떨리는 목소리로 물었다. 그 말에 북궁패명은 고개를 저었다.

[나는 용을 압도하지 못했다. 해서 살룡을 대성은 하였으나 완성은 하지 못했다. 용의 최후의 공격이 내단에서 나오는 것이

니, 내가 죽인 용에게서 내단을 얻을 수가 없었지.]

북궁휘용은 멍한 얼굴로 그 말을 들었다. 도무지 믿을 수가 없는 말이었기 때문이다.

팔백 년 전의 인물의 사념과 대화를 한다는 것 자체가 믿을 수 없는 일이었으나, 북궁휘용은 거기까지는 생각지 못했다.

[내가 이곳을 만들 당시, 천하에 승천을 기다리는 이무기들의 위치를 알아두었다. 벽을 부수고 나가면 있을 것이니 그중 하나는 반드시 잡아야 할 것이다.]

북궁패명은 북궁휘용의 반응은 아랑곳하지 않고 자신의 할 말을 이어나갔다.

[지금부터가 더욱 힘들 것이다. 천선을 팔 성까지 성취하는 데 얼마나 걸렸는지 알 수 없으나, 천선 살룡을 대성하는 데는 최소한 그 갑절의 시간이 필요할 것이다.]

"아, 알겠습니다."

북궁휘용이 고개를 끄덕이며 답했다. 겨우겨우 정신을 추스르고 있었다.

[이제 슬슬 헤어져야 할 시간이구나.]

"네?"

[팔 성의 천선의 기운으로는 이 정도가 한계이니라. 이제 남은 것은 마지막 오의를 전수해 주는 것뿐. 부디 적을 물리치기를 바란다.]

그 말을 끝으로 북궁패명은 다시금 붉은 기운으로 화했다.

이미 일 년 전에 겪은 일이었다.

붉은 기운으로 화한 북궁패명은 그때와 마찬가지로 북궁휘용의 백회로 스며들었다.

"크윽."

일 년 전과는 비교할 수 없는 격통이 온몸을 지배했다.

북궁휘용은 그 통증에 자신도 모르게 신음을 흘렸다. 온몸은 땀으로 젖어 들었다.

훨씬 많은 시간이 필요했다.

천선 살룡은 천선이되 천선이 아닌 듯했다.

그 어마어마한 무학이 하나부터 열까지 한 글자, 한 글자 북궁휘용의 머릿속에 아로새겨졌다.

그 모든 과정이 끝난 것은 한 시진이 흐른 후였다.

"헉, 헉헉, 헉헉헉."

북궁휘용은 그제야 정신을 차리며 격한 숨을 몰아쉬었다.

"이, 이것은 대체……."

말이 채 이어지지 않았다. 그만큼 어마어마했다.

천외천이라는 말을 듣기만 했지, 이런 식으로 겪게 될 줄이야.

그야말로 지금까지 익힌 천선은 그 토대에 지나지 않았다.

"이걸 고작 이 년 만에?"

가능할까 싶었다.

하지만 가능할 거 같았다. 이미 한 번 겪은 일이었기에.

일 년 전 북궁패명으로부터 천선을 전수받았을 때, 몇 년이나 걸릴까 생각을 했었다.

하지만 막상 수련을 시작하니 일 년 만에 팔 성에 이르렀다.

잔류 사념 덕분인 듯했다.

단순히 무공을 전하는 것만이 아닌 깨달음 역시 함께 남긴 듯했다.

덕분에 성취가 상상을 초월했다.

북궁휘용의 근골과 오성이 굉장히 뛰어난 것도 있었지만, 그것을 뛰어넘는 성취는 결국 북궁패명의 사념 덕분이었다.

그랬기에 이번에도 이 년이면 가능하리라는 예감이 들었다.

북궁패명이 최소 두 배의 시간이 걸릴 거라 하였으니, 안배를 만든 그의 말을 믿었다.

"좋아. 이거라면."

그 괴물 따위는 능히 압도할 수 있을 거라는 자신감이 들었다.

벽곡단은 아직 많이 남아 있었다.

이전에 비해 더 넓어진 연공실에서 북궁휘용은 가부좌를 틀고 앉았다.

일단 머릿속에 떠오르는 것들을 정리해야 했다.

*   *   *

구양벽이 마황성을 정비하는 것을 지켜보고, 마황성의 영역에 남은 다른 곳들을 살펴보는 데 삼 개월의 시간이 걸렸다.

홍원의 부탁을 제대로 수행하기로 했는지, 현재 마황성의 영역은 아주 시끄러웠다. 하부 문파들의 반발을 달래고 억누르고 부수기까지 하느라 여기저기서 충돌이 일어났다.

그것은 어디까지나 마황성의 사정일 뿐, 홍원이 신경 쓸 일은 아니었다.

비록 홍원으로 인해 시작된 혼란이라 하더라도 말이다.

그 혼란은 민초들을 억압하고 괴롭히는 문파들에게 닥친 재앙이었지, 정작 사람들이 살기에는 조금씩 나아지고 있었으니까.

홍원은 아직도 자신이 돌아왔을 때의 고경호의 얼굴을 잊을 수가 없었다.

그 큰 덩치를 가진 이가 그렇게 입을 헤 벌리고는 정신을 차리지를 못했으니까.

삼 개월 간 마황성의 영역에서 남은 곳들을 둘러보았다. 도와줄 곳은 도와주고, 복수해 줄 곳은 복수해 줬다. 남아 있는 곳이 별로 없었는지라 거의 홍원의 행보는 복수행이나 다를 바 없었다.

마지막으로 자혜원에 한 번 더 들렀다. 고경호의 환대를 받았다. 그 삼 개월 사이에 많은 것이 바뀌어 있었다.

당장 혈검문과 천독문이 사라지고 나니, 고경호는 자신의 재능을 마음껏 발휘했는지, 그사이 자혜원은 완전히 환골탈태해 있었다.

아이들의 얼굴에도 웃음이 넘쳤다.

그 모습에 홍원은 만족한 미소를 지었다. 저런 모습이 보고 싶었던 것이다.

하루 묵고 가라며 사정사정하는 고경호의 손을 억지로 떼어내고 홍원은 다시 길을 떠났다.

그 뒤로 단리유화와 곡비연이 따르고 있음은 물론이다.

"이제 어디로 가실 건가요?"

곡비연이 물었다.

"글쎄, 이제는 모르겠네."

홍원이 머리를 긁적이며 답했다.

지난 삼 개월 간의 복수행은 대륙 전체로 퍼져 나갔다. 홍원이 그렇게 일을 벌였으니 소문이 나지 않으려야 않을 수가 없었다.

덕분에 장죽이라는 사람이 소검선 장홍원이라는 이야기까지 퍼져 버렸다.

그리고 나머지는 일사천리였다.

사람들이 알아서 장죽이 후원했던 곳들을 살폈다. 언제 그 손이 자신들을 향할지 알 수 없었기 때문이다.

그런 일이 벌어지고 있다는 사실이 하오문을 통해 홍원에게 전해졌다.

이미 자신의 정체까지 알음알음 소문이 난 판에 그곳들을 방문할 이유가 사라졌다.

오늘 어찌 변했는지 확인하기 위해 다시 들렀던 자혜원에서 고경호의 그런 환대를 겪지 않았던가.

홍원의 얼굴에 쓴웃음이 맺혔다.

'조금 더 둘러보고 싶었는데…….'

떠나온 목적은 이미 달성했다.

"세세원과 제루원이 어찌 되었는지만 멀찍이서 보도록 하지."

그래도 궁금했다. 그 두 곳은 어찌 되었을지. 그래서 잠깐만 살짝 몰래 들러보기로 하고 일단 제루원을 향해 길을 잡았다.

제루원과 세세원은 모두 자혜원과 마찬가지였다.

다들 웃음 가득한 얼굴로 잘 지내고 있었다.

세세원을 멀찍이서 바라보고 있을 때, 자신의 시선을 느꼈던 것일까?

소혜가 홍원이 있는 곳을 돌아봤다.

홍원은 소혜와 눈이 마주쳤지만, 소혜는 과연 그럴까? 그 아이가 홍원을 알아차리기에는 너무나 먼 거리였다.

아마도 우연의 일치일 것이다.

홍원은 그렇게 생각했다.

"이제 집에 돌아온 것 같은데?"

홍원의 시선이 곡비연을 향했다. 그랬다. 세세원은 채미성의 영역에 있지 않았던가.

곡비연은 하오문 채미성 지부의 사람이었고.

"그 말씀은?"

곡비연의 눈이 잘게 떨렸다.

"이제 그만 헤어져야 할 때라는 거지."

도움을 많이 받기는 했지만, 그것은 그것이고 이것은 이것이다.

홍원으로서는 애초에 목적했던 것을 다 돌아보았기에, 더 이상 곡비연과 함께할 이유가 없었다.

홍원의 말에 곡비연은 세차게 고개를 저었다.

"아니에요, 상공. 제 임무가 상공을 보필하는 것인지라, 그리 쉽게 떠날 수가 없답니다."

그 목소리에는 절박함이 감춰져 있었다.

"하오문 사람과 계속 함께 움직이고 싶지는 않아서."

하오문이란 정보 조직이다. 그곳에서도 요직에 있는 사람과 함께 움직인다는 것은 자신의 정보가 알게 모르게 하오문에 넘어간다는 의미다.

그리고 그 정보는 다른 이들에게 팔릴 것이고.

지금까지는 필요에 의해 그 정도 손해는 감수했지만, 이제는 아니다. 언제 집으로 돌아갈지 모르는데, 이런 혹을 계속 달고 다닐 수야 없지 않은가.

"무슨 걱정을 하시는지 잘 알고 있어요, 상공. 하지만 상공의 정보는 저희 하오문에 전혀 기록되고 있지 않아요."

곡비연은 당차게 말했다.

홍원이 그런 곡비연을 바라보았다. 그 말을 어찌 믿느냐고 하는 눈빛이다.

"상공께서 가장 잘 아시잖아요. 제가 상공과 함께하는 동안 한 번이라도 다른 곳에 정보를 전한 적이 있던가요? 상공이 정보를 필요로 할 때 말고는 없었어요."

곡비연이 억울하다는 듯 외쳤다.

"흐음……."

그 말에 홍원이 턱을 만지며 생각에 잠겼다. 그녀의 말은 사실이었다. 자신의 기감을 속이고 무언가를 할 수 있는 수단이 있지 않는 한 말이다.

사실 곡비연과 다니면서 많이 편했던 것도 사실이었다.

정보에 밝고, 언제든 빠른 시간 안에 필요한 정보를 구해줄 수 있는 존재란 굉장히 유용했다.

자신과 어떻게 엮어보겠다는 행동이 그저 가소롭게 느껴졌을 뿐, 다른 불편함도 없었다.

"대체 왜 나와 계속 함께하겠다는 거지?"

홍원이 물었다.

도무지 그 목적을 알 수가 없었다. 지난 동행 과정에서 자신과 어떻게 정분을 만들어보려는 것은 불가능함을 느꼈을 것이다.

그리고 자신의 정보는 전혀 수집하지 않고 있다고 했다.

그러면 자신과 함께할 의미가 없었다. 우수한 인재의 재능 낭비일 뿐이다.

"그, 그건……."

홍원의 물음에 곡비연은 일순 대답하지 못했다. 뒷목이 살짝 붉게 변했으나, 홍원이 그곳을 볼 방법은 없었다.

"천하제일인에 대한 순수한 호의예요……."

곡비연이 작은 목소리로 말했다.

이미 그녀는 잠시 하오문 채미성 지부에 다녀온 터다. 그리고 애초의 목적이 실패했음을 보고한 후 이후의 일에 대한 논의가 있었다.

그때 계속 홍원을 따라다니겠다고, 그녀 스스로 강력하게 주장했다.

이유는 홍원과의 친분을 계속해서 쌓아가기 위해서였다. 그녀가 짧은 시간이나마 겪은 홍원은 친분을 나눈 이들을 외면하지 않았다.

그랬기에 현재는 아무것도 바라지 않고 그저 홍원과의 끈을 더욱 두텁게 만드는 것이 중요하다고 여긴 것이다.

물론 그렇게 주장한 데는 그녀의 사심도 들어가 있었다.

그것이 홍원의 물음에 즉시 답하지 못하고 뒷목이 빨개진 이유였다.

함께하는 동안 순수하게 여인으로서 홍원에게 반한 것이다.

하오문을 위해 이용하기 위한 목적은 어느새 사라져 버렸다. 그럴 수 없는 큰 사람이라는 것을 너무도 절실히 느끼지 않았던가.

지금은 순수한 연심이었다.

그 연심으로 계속해서 하오문의 힘으로 홍원에게 도움을 주고 싶다는 생각을 한 것이다.

애초의 목적이 완전히 뒤바뀌어 버렸다.

"하아, 내가 소검선을 너무 쉽게 생각했구나. 그를 우리 쪽으로 끌어들이는 것이 아니라, 우리가 그에게 끌려가 버렸으니."

채미성 지부장이자 곡비연의 어머니인 사영영의 말이었다. 그녀는 이미 곡비연의 마음을 알아차린 것이다.

그 말을 들었을 때는 곡비연의 얼굴은 그야말로 새빨갛게 변해 버렸다.

"그래. 네 마음 가는 대로 하거라. 그와 친분을 유지한다는 것만으로도 그 가치는 이루 말할 수 없으니."

사영영의 허락에 곡비연은 함박웃음을 짓지 않았던가.

곡비연은 두방망이질 치는 가슴을 애써 억누르며 홍원의 결정만을 기다렸다.

이윽고 홍원이 마음을 굳혔다.

"편한 대로 해."

자신도 편리한 것이 많았기에 내린 결정이다. 이 결정에는 최근 곡비연의 태도 변화가 큰 영향을 미쳤다.

처음 만났을 때와는 달리 지난 삼 개월 동안은 노골적인 유혹을 아예 하지 않았던 것이다.

"네."

곡비연은 해맑게 웃으며 짧게 답했다.

그 맑은 웃음에 홍원은 잠시 흠칫했다. 지금까지와는 전혀 다른 모습이었기 때문이다.

"이제는 어떻게 하실 건가요?"

단리유화의 물음이었다.

"흐음, 일단 무공을 좀 정리해 봐야 할 것 같습니다."

그 말에 두 사람은 깜짝 놀랐다.

아니, 홍원이 그럴 것이 아직도 있단 말인가 라는 표정이다.

"이번 여정에서 느낀 것들을 한 번 더 정리를 해야 할 것 같아서요. 특히나 와사호에서의 경험도 있고요."

"대단하시네요."

단리유화는 자신의 심정을 그대로 말했다. 끝을 알 수 없을 정도로 강한 사람이 계속해서 정진을 하는 모습은 그녀에게도 커다란 자극이 되었다.

"어떤 곳을 염두에 두고 계세요, 상공?"

곡비연의 태도는 바뀌었지만, 단 하나 바뀌지 않은 것은 저 호칭이었다. 그녀는 계속해서 홍원을 상공이라 불렀다.

홍원도 굳이 그 호칭에는 개의치 않았다. 오해가 발생할라 치면 한마디만 하면 될 일이니.

"조용한 강가가 좋겠군. 지금까지는 심산유곡에만 있어서. 장소를 바꿔보는 것도 괜찮은 자극이 될 것 같아."

홍원의 답에 곡비연은 잠시 기억을 뒤졌다. 그러고는 손뼉을 짝 치면서 말했다.

"적당한 곳이 있어요. 보름 정도 거리예요."

역시 이래서 편했다.

이런 면이 그녀의 동행을 허락한 가장 큰 이유였다.

홍원은 고개를 끄덕였고, 곡비연의 안내에 따라 걸음을 옮겼다. 그래서 홍원은 몰랐다. 소혜가 계속해서 자신들이 있는 곳을 바라보고 있음을.

한편 세 사람이 떠난 후에야 소혜는 시선을 돌렸다.

"음, 저기에 따뜻한 뭔가가 있는 것 같았는데……."

고개를 갸웃거리는 걸로 보아 그녀 자신도 그것이 무엇인지는 모르고 그저 그곳을 바라본 듯했다.

보름이 걸려 곡비연이 안내한 곳에 도착했다.

홍원의 마음에 쏙 드는 곳이었다.

태장강변의 평원이었는데, 작은 바위 둔덕과 동굴들이 여러 개 있는 장소였다.

누군가 일부러 만들어둔 것은 아닌가 하는 생각이 들 정도였다.

단리유화도 그 모습에 감탄했다.

"음, 여기는 삼백 년 전의 십대고수 중 한 명인 청수만해검이 수련하던 곳이에요. 그래서 저희 정보에 있는 곳이죠."

곡비연이 주변을 둘러보는 홍원에게 설명을 덧붙였다.

과연 누군가가 수련을 위해 만들어둔 듯했다.

"당시 본 문에서 혹시나 그의 수련 흔적에서 무언가 얻을 수 있을까 싶어서 살폈던 기록이 있었지요."

"그래서 어땠나요?"

단리유화가 빙그레 웃으며 물었다.

"실패했지요. 그 경지의 흔적을 읽어낼 수 있는 사람이 없었다나 봐요."

그 말에 단리유화는 그럴 줄 알았다는 듯 고개를 끄덕였다.

여러 동굴 중 제법 크고 깊은 동굴에 들어갔다 나온 홍원이 말했다.

"확실히 수련의 흔적은 있군요. 상당히 강했던 사람이었나 봅니다."

하오문은 아무것도 얻지 못한 흔적에서 홍원은 이미 많은 것을 알아낸 듯했다.

"얼마나 강했던 사람인가요, 상공?"

곡비연의 물음에 홍원이 반사적으로 답했다.

"신도운악 정도? 딱 그 정도 실력인 듯하군."

홍원은 자신의 기억에서 그 흔적과 가장 비슷한 실력을 가진 이를 떠올리며 말했다.

하지만 대답을 하고 이내 흠칫했다.

사람들이 아는 한 홍원은 신도운악과 만난 적이 없으니까.

"신도운악이면 전대 숭무련주인가요? 흐음."

곡비연은 그의 죽음 당시를 떠올렸다. 당시는 하오문도 정말 바쁘게 움직였으니까.

그렇게 바쁘게 움직였음에도 결국 죽림의 그림자조차 찾지 못했었다.

"그러면 죽림보다는 좀 약한 정도인가요?"

곡비연은 순수한 호기심에 물었다. 그랬기에 단리유화와 홍원이 움찔하는 기색을 느끼지 못했다.

"그는 살수이니, 비교하기가 어려워."

홍원은 짧게 답하고는 다시 동굴 안으로 들어갔다. 자리를 피한 것이다. 대화가 이어지다가는 죽림에 대한 이야기가 더 나올 것 같았기 때문이다.

별로 알리고 싶지 않은 과거였다.

이제 천하에 그 사실을 아는 이는 오직 단리유화만이 남아 있다.

송림이 중원으로 돌아오지 않는다면, 그는 자신이 소검선 장홍원임을 모를 테니까.

그날부터 홍원이 수련이 다시 시작되었다.

동굴 안에서 명상을 하다가, 도도히 흐르는 태장강을 바라보며 명상을 하다가, 검을 휘두르기도, 도를 휘두르기도 했다.

생활에 필요한 것들은 곡비연이 조달을 했다.

그 덕에 단리유화도 모처럼 새로이 수련을 시작할 수 있었다. 그녀도 홍원과 함께 움직이며 느낀 것들이 많았다.

홍원이 수련을 시작한 덕에 그녀도 그것들을 정리할 기회를 얻은 것이다.

덕분에 바빠진 것은 곡비연이었다.

세 사람이 한곳에 머무르기 위해서는 필요한 것들이 생각보다 많았다. 그것들을 조달하고 두 사람을 챙기며 틈틈이 자신의 무공을 가다듬었다.

본디 곡비연은 무공에 큰 관심이 없어 딱 필요한 정도로만 익히고 있었다.

어머니가 차기 하오문주를 노리고 있었기에, 거기에 부끄럽지 않을 수준까지만.

그러나 홍원과 백룡의 싸움에서 의도치 않게 곡비연도 나름 기연을 얻었다. 상당한 양의 내공이 늘었으니까.

그리고 단리유화가 수련하는 모습을 보며, 가끔 기분이 동할 때면 그녀 자신도 수련을 했었다. 그 모습에 틈틈이 단리유화가 도와주기도 하였다.

그러다 보니 무공이라는 것의 매력을 조금씩 알아갔다.

그 덕에 곡비연마저 수련에 빠져들게 되었다.

시간은 그렇게 흘러갔다.

하루.

이틀.

사흘.

열흘, 보름, 한 달, 두 달, 세 달…….

그 시간 속에서 홍원은 천선에 더욱 깊이 빠져들었다.

이제는 몸을 움직여 수련하는 시간이 현격히 줄었다. 대신 명상과 비급에 집중했다.

곡비연이 구해다 준 종이와 먹으로 필사를 한 천선의 비급.

머릿속에서 구결을 떠올릴 때와 이렇게 직접 눈으로 볼 때의 느낌은 완전히 달랐다. 그것을 느꼈기에 굳이 기억 속의 구결을 필사한 것이다.

읽고, 읽고, 또 읽고, 또 읽고.

그러다가 불현듯 무언가가 떠오르면 명상에 빠졌다.

동굴 속에서, 강가에서, 물속에서.

장소는 어디든지였다. 그렇게 수련에 집중하며 홍원은 읍성을 떠났던 목적을 잠시 잊었다.

예전의 흔적을 둘러보고 돌아오겠다는 것이 중간에 수련이 더해지면서 예정보다 시간이 더욱더 길어졌다.

천선은 그 끝이 없었다.

대체 어떻게 이런 무공이 있을 수 있을까?

홍원은 그런 생각을 떠올리며 천선 깊숙이 침잠해 들어갔다.

*   *   *

"후우."

은월은 깊은 한숨을 내쉬었다.

이제야 겨우 정리가 되었다. 정말 많은 시간을 보냈다. 어둠 속에서 은밀히 움직이며, 목이문의 사람들에게 들키지 않을 깊고 어두운 곳으로만 숨어 다녔다.

머릿속이 혼란스러웠으나 어떻게든 숨어 다녀야 한다는 것만은 직감적으로 느꼈다.

"이제 다 됐다."

하지만 이제 완전히 뒤죽박죽인 기억을 정리했고, 무공도 완전히 회복했다.

아니, 금제가 자신에게 어떤 작용을 했는지는 몰라도, 홍원에게 제압되기 이전과 비교해 몇 배나 강해져 있었다.

그 무공을 제대로 자신의 것으로 하는데도 많은 시간이 필요했다.

은월이 백치에서 제정신을 차리는 것은 홍원으로서도 예상치 못했던 일이다.

사령탈혼술이 짧은 시간 펼쳐졌기에 미혹 속에만 빠졌던 정신이 용의 울음에 깨어난 것이다.

은월의 기억은 백치가 되기 이전과 이후가 혼재되어 있었고, 그것을 모두 정리했다. 뭐가 뭔지 모르던 상태에서, 이제 자신이 어떤 상황인지 정확히 인지하게 된 것이다.

훨씬 강해진 무공은 덤이었다.

백치로 목이문에서 허드렛일을 하며 지내는 동안 있었던 일도 모두 기억이 났다.

그랬기에 중원의 사람들은 결코 모를 것들을 알게 되었다.

'장홍원이라…….'

은월은 수차례 들었던 이름을 떠올렸다.

목이문에서 그는 더없는 은인이었다. 숨어 있던 이무기를 찾아내고, 쓰러뜨려 천신목을 살렸으니까.

'어쩌면 그가 태상호법이 찾으시던 그 괴물이 아닐까?'

나타난 위치는 전혀 달랐지만 왠지 그럴 것 같은 강렬한 예감이 들었다.

우문기영은 그가 북해에 있을 것이라 하여 북해를 이 잡듯 뒤졌지만 못 찾았다. 그렇다면 우문기영의 생각과 달리 다른 곳에 있다는 뜻.

이무기를 홀로 쓰러뜨릴 정도의 강자라면 능히 괴물이라 불릴 만하지 않을까?

게다가 그가 사용한 무공도 걸렸다.

자신을 제압할 때, 그는 분명히 천선을 사용했다.

'천선.'

오직 소문주들만 익힐 수 있는 무공이다. 그 후반부는 문주만이 익힐 수 있고.

소문주들의 천선은 자신도 보고 겪은 적이 있기에 알아볼 수 있었다.

이제는 홍원 그가 누구의 제자인지 확실히 알게 되었다. 천선문에서 들었으니까.

"삼소문주. 백리 사숙……."

은월은 오랫동안 기억에서 지웠던 이름을 낮게 읊조렸다.

이미 이 세상 사람이 아니라고 하지 않았던가.

홍원에게 잡혔던 것이 어떤 의미로는 전화위복이 되었다. 많은 정보를 새로이 얻게 되었으니까.

이제 남면만 벗어나면 된다.

임해(林海)라고 불리는 이곳은 그야말로 길이 없는 나무의 바다였다.

정해진 길로만 겨우 다닐 수 있을 정도다.

문제는 그 길에 목이문의 눈과 귀가 곳곳에 있다는 점이었다.

그랬기에 남면에서 계속 숨어 지내면서 기억을 정리하고 무공을 정리했다.

그리고 기억을 완전히 정리한 덕에 남면을 빠져나갈 방법을 떠올렸다.

홍원의 친구라고 하였던가? 박종현이라는 자가 운영하는 서희상단은 정기적으로 남면을 지나다닌다.

목이문에서 상로를 열어준 것이다. 일 년이 넘는 시간은 그들에게 신뢰를 만들어주었다.

그 덕에 그 상단의 짐 검사는 허술했다.

지금의 은월이라면, 상단 속에 은밀히 잠입해서 그들과 함께 움직이는 것은 아주 손쉬운 일이다.

목이문에서는 서희 상단은 그냥 보낼 것이고, 상단 사람들도 자신이 은밀히 숨어 있음을 전혀 모를 것이다.

이보다 좋은 방법은 없었다.

문제라면, 언제 그 서희상단에 잠입을 하느냐다.

가장 위험한 순간이 상단에 잠입할 때이니까.

그로부터 보름을 더 기다렸다. 그때서야 남면을 지나 동면으로 향하는 상단의 기척을 느낄 수 있었다.

어쩐 일인지, 무공이 강해진 것에 비해 기감이 더욱 예민해졌다. 은월과 같은 이에게는 가장 큰 기연이었다.

은월은 모든 기감을 동원해 상단의 움직임을 좇았다. 주변에 혹시 있을지도 모를 목이문 무사들의 기척도 열심히 찾았다.

이들은 숲의 길이라는 신비한 길에 몸을 숨기면, 그 기척을 절대 느낄 수 없었다.

은밀히 도망을 치는 와중에도 그 때문에 얼마나 놀랐던가.

백치가 되었을 때 목이문에서 숲의 길에 대해 듣지 못했다면 아마 예전에 목이문 사람들에게 잡혔으리라.

그렇게 조심조심 움직인 끝에 은월은 성공적으로 서희상단의 무리 속으로 숨어들 수 있었다.

그 누구도 은월의 은신을 알아차리지 못했다.

"아직 덥네."

지게를 내려놓은 후, 강하게 내려쬐는 태양을 올려다보며 홍산이 중얼거렸다. 그 옆에는 그늘에서 혀를 길게 빼문 묵린이 축 늘어져서는 헥헥거리고 있었다.

여름의 끝자락도 이제는 끝날 무렵이건만, 남아 있는 더위는 상당했다.

형이 떠난 지도 어느새 일 년이 다 되어간다.

가끔 서찰이 사람을 통해 오기는 했지만 그것도 반년 전이 마지막이었다.

잠깐 수련을 하고 돌아가겠다는 것이 그 내용이었다.

그럼에도 어머니는 걱정이 없으신지 평소와 같이 지내시고 있었다.

홍산도 이제 열두 살에서 열세 살로 넘어갈 무렵이라 좀 더 어른스러워졌다.

키도 부쩍 자랐고 덩치도 커졌다. 어깨도 떡 벌어져서 모르는 사람이 본다면 열일고여덟 정도로 착각하곤 했다.

아직 좀 이르지만 홍산은 동면에서 나무를 해온 참이다. 형처럼 한 번에 많이 하지는 못하기에 미리미리 서두르는 것이다.

읍성의 겨울은 생각보다 춥고 길었으니까.

홍산과 함께 동면을 한참 헤매고 와서 지친 것인지 묵린은 꿈쩍도 안 했다.

"어? 오빠 왔네?"

그때 마침 학관에서 홍해가 돌아왔다. 보통은 묵린이 함께 다니지만 오늘은 홍산과 산에 다녀오느라 홍해는 혼자였다. 물론 근처에는 은밀히 그들 남매를 지켜주는 경천회의 무사들이 있었다.

홍해도 몰라보게 변해 있었다.

이제 그 미색이 자연스레 흘러나오고 있었다. 홍산과 달리 아직은 어린 티가 많이 남아 있었다.

"학관은 어때?"

"똑같아."

홍산의 물음에 홍해가 짧게 답했다.

홍산은 육 개월 전부터 학관을 다니는 것을 그만두었다. 더 이상 배울 것이 없었기 때문이다.

"그래?"

홍산은 빙긋 웃으며 지게에서 나무를 내려 정리하기 시작했다.

홍해는 빙고에서 시원한 물을 꺼내와 홍산에게 건넸다.

"아, 고마워."

홍산은 그 물을 시원하게 들이켰다.

폐부가 얼어붙을 듯한 느낌이었다. 빙고는 늘 감탄한다. 형은 대체 이런 것을 어찌 발견하고 만든 것인지.

홍해는 묵린 옆에 쪼그려 앉아 홍산이 하는 양을 가만히 바라보았다. 지게에서 나무를 내려 한쪽에 쌓는다.

"흐응."

홍해는 묵린의 배를 쓰다듬으며 그저 물끄러미 홍산을 바라보았다.

쿵! 쿵! 쩍!

한쪽에 쌓은 나무를 다시 도끼로 쪼개기 시작했다. 미리미리 장작으로 쪼개서 쌓아두는 것이다. 이렇게 쪼개놓는 것이 나무가 더욱 바짝 말라 겨울에 불을 때기 좋았다.

"오빠."

"응?"

한참 장작을 패던 홍산이 동생의 물음에 돌아보았다.

"오빠도 떠나고 싶지?"

"뭐, 뭐?"

갑자기 훅 들어온 홍해의 질문에 홍산이 당황해했다.

"갑자기 그게 무슨 쓸데없는 소리야?"

"공부 더 하고 싶잖아."

홍해는 안다.

홍산의 학구열이 얼마나 대단한지를. 그랬으니 지금 이제 읍성에서는 더 이상 그를 가르칠 사람이 없을 경지에 오른 것이다.

"무슨 소리야?"

그 말을 남기고 홍산은 다시 나무를 집어 들어 세웠다. 그리고 도끼를 머리 위로 치켜들었다.

"광평성에 가고 싶잖아."

픽!

막 도끼를 내려치던 찰나에 들린 동생의 말에 그만 도끼가 빗나가 엉뚱한 곳에 비껴 맞았다.

"큭."

손바닥이 찌르르 울린다.

내공을 사용하고 있음에도 그 충격이 작지 않았다.

"그것 봐?"

그 모습에 홍해가 머리를 끄덕이며 말했다.

"심온 사부한테 직접 배우고 싶지?"

요즘 홍산의 공부는 주로 서찰을 통해서다. 홀로 궁구하고 독서하다가 궁금한 것이 있으면 심온에게 서찰을 보냈다.

그러면 심온은 그에 대한 자신의 생각을 서찰에 적어, 참고할 만한 서책과 함께 보냈다.

한 달에 한 번 정도 있는 서찰의 교환.

그것은 홍산의 학문에 대한 갈증을 식히기에는 너무나 부족했다.

"아니면 황도로 가거나."

쪼그려 앉아 한 손으로 턱을 괴고는 홍해가 말했다.

"됐어."

손바닥의 통증이 가라앉았는지, 홍산은 다시 나무를 바로 세우고 도끼를 치켜들었다.

쿵!

다시 도끼질 소리가 울렸다.

"가고 싶으면 가. 어머니랑 나 신경 쓰지 말고. 이제 경천회 아저씨들도 있는데 오빠가 그렇게 신경 쓰지 않아도 돼. 곧 큰 오라버니도 오실 거고."

홍해가 다 안다는 듯 계속 말했다.

"됐으니까 가서 씻기나 해."

홍산의 목소리에 약간의 노기가 섞여 있었다. 그 낌새를 느끼고는 홍해가 몸을 일으켰다.

"치. 가자, 묵린아."

홍해는 묵린과 함께 그 자리를 떠났다.

쿵, 쿵, 쿵!

홍산이 장작을 패는 소리만 요란하게 울렸다.

第二章
산의 길

아침 공기가 제법 쌀쌀하다. 해가 높이 떠오르면 금세 더워진다.

아침저녁으로는 차가운 기운이 가득하고, 낮으로는 땀이 날 정도로 더운 요즘.

고뿔에 걸리기 딱 좋은 날씨다.

물론 홍원에게서 호흡법과 무공을 배운 홍산과 홍해에게는 상관없는 일이다. 그래도 유독 여기저기에 기침을 하는 이들이 많은 나날이었다.

서문의 경비를 서는 수문병들도 마찬가지였다.

"콜록, 콜록."

이른 아침의 찬 공기는 기침을 더욱 잦게 만들었다. 아침 안개를 헤치고 멀리서 한 무리의 사람들이 다가왔다.

"서희상단 사람들인가 보네?"

이 방향에서 무리를 이뤄 다가올 사람들은 서희상단밖에 없었다. 이제 서희상단이 향산 남면을 개척했다는 건 공공연한 사실이었다.

때문에 몇몇 상단이 개척을 시도했지만, 실패했다.

그 경로를 알아내기 위해 수많은 밀정들이 잠입했지만 모두 실패했다. 분명 잠입해서 다녀왔던 길로 다시 진입을 했건만 길이 막혀 있으니 어쩌겠는가.

이들은 나무가 움직여 길을 막을 수도 있다는 사실은 꿈에도 몰랐다.

그것이 남면의 신비임을.

상단 사람들은 수문병과 인사를 나누고 성으로 들어갔다. 상단 본부에 이른 이들은 짐을 풀고 장부를 맞췄다.

그사이 은월은 유유히 빠져나왔다.

물론 그냥 가지 않았다. 현재 은월은 빈털터리였다. 그랬기에 상단의 돈을 조금 슬쩍했다.

누구도 눈치채지 못했다.

그리고 근처 민가로 들어가서 옷도 슬쩍했다. 지금 입고 있는 옷은 목이문에서 입고 있던 옷가지였다.

혹시라도 눈에 띌지 몰랐기에 민가의 옷을 훔친 것이다. 이것은 새 옷을 입고 나서 돌려놓을 요량이었다.

그렇게 은월은 서희상단에서 훔친 돈으로 옷부터 샀다. 귀찮음을 감수하고 잠시 빌렸던 옷은 돌려놓았다.

'이제 어쩐다?'

일단은 천선문으로 복귀를 해야 했다. 하지만 자신이 그곳에서 있던 중에 무슨 일이 있었는지도 알아야 했다.

그러나 그런 것을 알아보기에는 읍성은 너무 작은 곳이었다.

정보 수집을 위해 중원 곳곳에 대한 내용을 암기하고 있는 그였기에 읍성에 대해서도 알고 있었다.

향산에 가장 가까운 성이라는 것만으로도 알아둘 가치는 있는 곳이었으니까.

"일단 성현성이나 해미성으로 가봐야겠군."

그 두 곳이라면 하오문이나 궁가방 지부가 있을 것이다. 아니면 무인들도 있으니 객잔이나 다루에 죽치고 있으면 들려오는 말들이 있을 것이다.

그 전에 일단 대충이나마 이곳에서 검을 구해야 할 것 같았다. 손이 허전했다.

은월은 천천히 움직여 대장간들을 둘러보았다. 마음에 차는 곳이 보이지 않았다.

그 와중에 딱 한 곳이 은월의 눈길을 끌었는데, 아쉽게도 그곳에는 병기는 없었다.

'실력이 아깝군.'

아쉬웠다. 저런 실력의 대장장이는 황도에서도 찾기 어려웠다. 그런데 이곳에서 농기구나 식칼 따위만 만들고 있으니.

좋은 무기를 찾는 무인의 심정으로 아깝기 그지없었다.

하지만 없는 것을 어쩌겠는가.

주문 제작을 하기에는 시일이 너무 걸렸다. 주문을 받아줄지도 모르겠고.

그래서 은월은 차선을 택했다.

다른 곳에서 적당한 검을 산 후 자신이 발견한 대장장이에게 손질을 한번 받을 생각을 한 것이다.

무기의 손질은 하는 모양이니까.

지금도 경천회의 무사 한 명이 자신의 검을 맡기고 있지 않은가.

'잠깐, 경천회?'

은월은 태연하게 걸음을 옮겼으나 속으로 깜짝 놀랐다.

이 촌구석에 경천회의 무사가 왜 이렇게 있단 말인가?

다시 검을 살 대장간으로 향하면서 유심히 읍성 곳곳을 살폈다. 경천회의 무사가 한둘이 아니었다.

좀 자세히 알아봐야 할 것 같았다.

은월은 대장간을 모두 뒤져서 그나마 괜찮은 청강장검 하나를 샀다. 마음에 들지는 않았지만 그래도 읍성에서 구할 수 있는 것 중에는 가장 나았다.

검을 구해서 다시 그 대장간으로 가니 경천회의 무사는 돌아갔는지 없었다.

깡. 깡. 깡.

그저 망치질 소리만 요란하게 울렸다.

"실례합니다."

은월이 큰 소리로 외쳤다. 그 소리에 망치질을 하던 노인의 시선이 은월을 향했다. 풀무질을 하던 그의 도제도 손을 멈췄다.

"불꽃 죽는다."

그 말에 다시 힘차게 풀무질을 했다.

"처음 보는 얼굴이로구만."

그리 말하는 노인의 시선은 은월의 허리로 향했다.

그냥 딱 봐도 나 무사요, 하는 사람이 자신을 찾을 일은 그것밖에 없지 않은가.

"줘보게."

노인이 손을 내밀자 은월은 허리의 검을 건넸다. 검집에서 검을 뽑아본 노인이 눈을 찡그렸다.

"새 거로군."

왜 새것을 가지고 자신을 찾아왔느냐는 힐난의 눈이었다.

"어르신께서 손을 한번 봐주시면 검의 상태가 더욱 제 마음에 들 것 같아서 말입니다."

은월은 태연히 말했다.

"에잉."

노인은 무언가 마음에 안 드는 듯한 얼굴이었다.

"황 영감님, 안녕하세요!"

그때 등 뒤에서 들려오는 목소리에 은월의 고개가 돌아갔다. 앳된 청년이 지게를 지고 한 손에 책을 들고 걷고 있었다.

"홍산이로구나. 나무하러 가느냐?"

"네."

"요즘은 계속 이 길로 다니는구나."

"아, 영감님 망치질 소리가 듣기가 좋아서요."

홍산이 머리를 긁적이며 말했다.

"거, 고맙구나. 오늘은 때가 안 맞은 모양이다만."

"그러네요."

그리고 꾸벅 인사를 하고 홍산은 걸음을 옮겼다. 그런 홍산을 바라보는 노인의 시선은 따스하기 그지없었다.

이내 노인은 은월을 향해 시선을 돌렸다.

언제 그런 따뜻한 눈을 했느냐는 듯 마뜩찮은 눈으로 돌변해 있었다.

"이건 상도 문제네. 다른 대장간에서 산 새 검을 나한테 손질을 해달라고 하다니."

그러면서 검을 다시 검집에 넣고는 은월에게 내밀었다.

"어르신 정도의 실력이시라면 그 검이 어떤 상태인지 잘 아실 텐데요."

이어진 은월의 말에 노인은 얼굴을 찡그렸다. 잠시 고민하는 듯하더니 획 몸을 돌렸다.

"에잉, 채가 놈. 좀 제대로 만들 것이지, 날 이렇게 귀찮게 해."

그러면서 한쪽을 뒤적여서 숫돌을 꺼냈다.

"모르는 사람이 만든 것도 아니고, 내 날이나 좀 세워주지. 채가 놈에게는 말하면 안 되네."

"감사합니다."

은월이 꾸벅 고개를 숙였다.

"손이나 줘봐."

그러면서 노인은 은월의 손을 한참 살폈다.

"흐음, 그것 좀 가지고 오너라."

노인의 말에 도제인 청년이 금세 나무 봉 네 개를 가지고 왔다.

"하나씩 휘둘러 보게."

은월은 노인이 시키는 대로 했다. 휘두르는 자세를 보는 듯하더니, 곧 눈을 감고는 소리를 들었다.

"이 녀석이 제일 편한 모양이군."

그 말에 은월은 고개를 끄덕였다.

개중에는 그게 가장 나았다. 하지만 완전히 만족한 것은 아니었다. 그 나무 봉을 좀 살피더니 노인은 낫을 가져와 나무 봉을 대강 다듬고 은월에게 내밀었다.

무슨 말인지 이해한 은월은 다시 나무 봉을 휘둘렀다. 그리고 깜짝 놀란 표정을 지었다.

자신의 손에 딱 맞지 않은가.

'이 노인, 내 생각보다 훨씬 더 뛰어나다.'

은월은 자신의 운이 좋다고 생각했다. 이 정도 실력자는 황도에서도 찾을 수 없으리라.

"이거로군."

노인은 고개를 끄덕였다.

"두 시진쯤 걸릴 걸세."

노인은 은월의 검을 보는 눈이 보통이 아님을 알았기에 최선을 다해 손질을 해줄 생각이었다.

날이나 세워준다 했지만, 그렇다면 이런 복잡한 과정을 거칠
이유가 없었다.

숫돌에 갈면서 무게중심을 조절할 생각이었다. 그러자면 시
간이 제법 필요했다.

"감사합니다."

은월은 고개를 꾸벅 숙였다.

"어디 가서 소문낼 것 같지는 않아서 해주는 거야."

노인은 그러면서 숫돌 앞에 앉았다.

스윽, 스윽. 사각, 사각.

칼 가는 소리가 울려 퍼지기 시작했다.

은월은 그렇게 생긴 두 시진을 그냥 보낼 생각이 없었다. 마
을 곳곳을 다녔다.

주막에 들러 국밥을 먹으며 귀를 쫑긋 세웠다.

중원에서는 볼 수 없는 특이한 양식의 음식점이라는 것은
이미 알고 있었다.

탁주 한 잔을 들이켜는 속이 시원해졌다.

어느새 높아진 태양의 햇살이 조금 더운 기운을 느끼게 하
던 참이지 않았던가.

그리고 국밥을 한 술 입에 가져가며 귀를 기울였다.

마을에서 모인 수많은 사람들이 서로 간에 나누는 일상적이
대화에는 많은 정보가 담겨 있었다.

그렇게 반 시진 동안 천천히 식사를 하면서 많은 정보를 얻

을 수 있었다.

다음은 다루였다.

작은 규모의 다루가 있었기에 거기에서 또 한 시진을 보냈다.

읍성의 크기가 작아서 그런 것인지 그것만으로도 많은 정보를 얻을 수 있었다. 서희상단에 도둑이 들었다는 이야기까지 벌써 나오지 않았던가.

'장흥원이라……'

이곳은 그의 고향이었다. 그의 가족이 있었다.

자신을 백치로 만들었던 그자.

'흐음.'

고민이 되었다.

마침 다루 아래로 나무를 한 가득 짊어지고 가는 홍산의 모습이 보였다.

"벌써?"

빨랐다. 그의 걸음은 예의 그 대장간 쪽으로 향했다.

그러더니 잠시 후 다시 빈 지게를 지고 지나갔다. 다시 나무하러 가는 것이다.

그 시선은 손에 든 책에 고정되어 있는데, 신기하게도 사람들과 부딪히지도 않고 길을 제대로 찾아 움직였다.

'무공을 익혔군.'

그렇게 높은 수준은 아닌 듯했으나 기초가 제법 탄탄해 보였다.

홍원의 동생이니 당연한 일이었다.

은월의 직감이 계속해서 말하고 있었다. 우문 노야가 찾는 그 괴물은 홍원일 것이라고.

천선문에 가서 확인을 하는 것이 먼저이겠지만, 어찌 된 일인지 은월은 직접 움직여야겠다는 생각이 들었다.

은월의 시선이 멀어져 가는 홍산의 뒤를 좇았다.

서쪽으로 향하고 있었다.

이곳에서 나무를 한다고 하면 향산 동면밖에 없을 것이니 당연한 일이었다.

다루에서 나온 은월은 읍성 저잣거리를 더 둘러보았다. 그러면서 정보를 더 많이 모았다.

그 덕에 의외의 이야기를 들었다.

'천선표국이라니?'

천선문에서 만든 표국이 틀림없었다. 이런 곳에 만들었다니, 사업을 목적으로 만들었을 리는 없었다.

분명 정보 수집이 목적일 것이다.

지금은 다시 철마 표국에 흡수되어 없어졌다고 한다. 아쉬웠다. 여전히 있었다면 정보를 얻기가 좀 더 수월했을 텐데.

'이곳에 무언가 있는 것은 분명해.'

우문 노야가 진행한 일일 것이다.

'역시 그자가……'

천선표국이 존재했었음을 알게 되자 홍원에 대한 의심이 더욱 커졌다. 우문 노야가 아무 이유 없이 그런 일을 벌였을 리는 없으니까.

걸음을 옮겨 홍원의 집을 확인한 은월은 대장간으로 향했다. 약속한 시간이 된 것이다.

"여기 있네."

검을 건네받은 은월은 감탄했다.

자신의 손에 딱 맞았다. 무게의 중심도 완벽해 자신이 쓰기에 더없이 좋았다. 검날의 예기도 대단했다.

이게 오늘 자신이 산 검이 맞는가라는 생각이 들 정도였다.

"감사합니다."

은월은 값을 치르고 대장간을 떠났다.

그가 향하는 방향은 읍성의 서쪽 성벽이 있는 곳이었다.

나무를 하러 간 홍산의 뒤를 쫓는 것이다. 은월은 직감이 말하는 대로 움직였기에, 자신의 생환을 천선문에 알려야 한다는 사실을 까맣게 잊었다.

본디 성현성이나 해미성에서 전서구를 통해 연락할 생각이었다.

지금 그는 본인의 의지로 움직이고 있었다.

*   *   *

묵린은 하품을 쩍 하고는 엎드렸다. 홍해를 따라 학관으로 온 터였다.

그간 너무 홍산만 따라다녔기에, 홍해가 오늘은 꼭 자기가 묵린과 함께 가고 싶다고 한 것이다. 아이들의 글 읽는 소리가 낭랑하게 울려 퍼졌다.

그 시각 홍산은 책에 빠진 채 걸음을 옮겼다. 이번에 심온이 새로 보내준 책이었기에, 한 글자도 소홀히 할 수가 없었다.

길을 몸이 기억하고 있다는 듯 걸음에는 거침이 없었다.

얼마나 걸었을까. 홍산은 걸음을 멈추고 책을 덮었다. 그러고는 길옆으로 움직였다. 작은 봉분이 있었다.

아버지의 묘소다.

홍산은 절을 두 번 하고 물끄러미 묘를 바라보았다. 아련한 눈빛이다. 제대로 된 기억이 없는 아버지였으니까.

그럼에도 나무를 하러 동면에 오를 때면 꼭 이렇게 인사를 하고 지나갔다.

"다녀올게요, 아버지."

홍산은 다시 책을 펴 들고 동면으로 접어들었다.

그런 홍산의 뒤를 멀찍이서 은밀히 쫓고 있는 이가 있었다. 은월이었다.

홍산은 책을 읽으며 걸었기에, 그 속도가 보통보다는 느렸다. 그렇기에 은월로서도 일정한 거리를 유지하며 쫓기가 여간 지루한 것이 아니었다.

그럼에도 그는 인내심을 발휘하며 조용히 뒤를 따르고 있었다.

자신도 저 어린 녀석을 쫓아 무엇을 얻을 수 있을지 알 수 없었다.

'정 안 되면 납치라도.'

그것은 가슴 깊숙한 곳에 있는 복수심의 발로인지도 몰랐다.

홍원으로 인해 백치가 되어 보냈던 시간과 삶에 대한 복수.

'그런 괴물과 싸울 수는 없으니.'

이미 읍성에서 있었던 무림인들과 홍원의 싸움에 대한 소문을 들은 터다.

용이 나타난 것으로 벌어졌던 소동.

그 소문을 들었을 때, 은월은 자신은 죽었다 깨어나도 홍원의 상대가 될 수 없음을 알았다.

그래서 그 대상이 홍산이 된 것인지도 몰랐다.

자신보다 약한 상대를 노리는 것은 짐승의 본능이나 다름없는 일이었다.

사령탈혼술의 후유증인지도 몰랐다. 은월은 철저히 이성적으로 움직였던 이다. 한데 지금은 이성보다 본능과 감을 우선시하고 있었다.

더군다나 은월은 자신의 그런 변화를 인지하지 못하고 있었다.

한편 동면의 우거진 숲에 들어서자 홍산은 책을 덮어 품에 넣었다.

이제는 이곳에 온 목적대로 나무를 해야 했다. 적당한 나무를 찾아야 했기에 책을 보면서 살필 수는 없는 일이다.

장작을 위해 나무를 한다 해도 아무 나무나 베지는 않았다.

죽어서 마른 나무를 우선 찾는다. 이미 말라 있기에 장작을 말리기도 더 좋았다. 그랬기에 가장 먼저 찾는다.

그런 나무를 찾지 못했을 때는 나무들의 간격이 좁게 있는 밀식수를 찾는다.

너무 촘촘히 있는 것은 나무들 서로에게도 좋지 않다. 이런 우거진 자연림은 관리하는 사람이 없으니 밀식수들이 많았다.

홍산은 그런 밀식수를 솎아내듯이 베었다.

자신은 장작을 얻어서 좋고, 다른 나무들은 충분히 양분을 공급받을 수 있는 환경이 되어서 좋고.

이런 방법은 홍원에게 배운 것이다.

그렇게 적당한 나무를 찾을 때면 가끔 신기한 것이 보였다.

반짝반짝 빛나는 길 같은 것이 눈에 띄었다가, 다시 보면 사라지곤 했다.

"사막에서나 보인다는 신기루 같은 것인가?"

처음에는 그런 현상에 의문을 가졌다. 호기심에 가까이 가보기도 하였으나 아무것도 없었다.

그 이후로는 그러려니 한다.

형이 돌아오면 한번 물어봐야겠다 생각할 뿐이다.

홍산은 왜인지는 알 수 없으나, 향산에 들어오면 감각이 예민해지는 것을 느꼈다.

형과 함께 왔을 때도 그랬고, 홀로 왔을 때도 그랬다. 형에게 그 이야기를 했을 때는 그저 웃으며 동면과 잘 맞는 모양이라는 대답만 들었다.

그 예민해진 감각이 무언가 불길함을 전했다.

지게를 멘 홍산의 걸음이 빨라졌다.

그런 홍산의 움직임을 은월은 감지했다.

'어떻게?'

의문이 들었다. 갑자기 움직임이 달라졌다는 것은 무언가를 느꼈다는 것 아닌가?

은월의 걸음도 빨라졌다.

그러자 홍산은 누군가가 자신을 쫓고 있음을 알 수 있었다.

'도, 도망쳐야 해.'

홍산은 직감적으로 느꼈다.

깨닫는 순간, 행했다. 홍산은 이제 달리기 시작했다. 얼마 안 되는 내공까지 사용해서 전력으로 달렸다.

"쳇."

그런 기척에 은월은 결국 모습을 드러냈다. 그리고 대놓고 쫓았다. 어떻게 자신의 존재를 알았는지는 의문이었으나, 잡아 놓고 물어보면 될 일 아닌가.

그렇게 동면의 추격전이 시작되었다.

이곳은 홍산에게는 집 앞마당이나 다름없는 곳이었다. 나무를 하러 수없이 다닌 곳이었으니까.

지금까지는 항상 묵린과 함께했지만, 충분히 익숙해졌다 생각해 오늘은 홍해에게 묵린을 보내지 않았던가.

홍산은 나무 사이로 요리조리 재빠르게 움직였다. 도망치는 데 방해가 되는 지게는 미련 없이 벗어 던졌다.

은월은 그런 홍산을 전력을 다해 쫓았다. 어린아이라도 우습게 보다가는 놓칠지도 모르겠다는 생각이 든 것이다. 남면에 비할 바는 아니지만, 산이 깊어질수록 동면도 만만치 않았다.

쫓고 있는 아이가 이곳에 익숙한 듯하니 놓치기 전에 잡아야 한다.

곳곳에 있는 나무가 경공을 방해했다. 결국 은월은 자신의 최고 경공인 능풍만리행(凌風萬里行)을 펼치기에 이르렀다.

그러자 따라잡는 것은 금방이었다.

순식간에 홍산의 앞을 막아섰다. 홍산의 갑자기 눈앞에 나타난 인영에 놀랄 법도 하였으나 당황하지 않고 재빨리 방향을 틀어 달렸다.

'검, 검이야.'

그 와중에 은월의 허리에 달린 검을 확인했다. 등이 식은땀으로 축축이 젖었다.

무림인이 자신을 쫓다니, 도무지 이유를 알 수 없었다.

사실 지금 그게 중요한 것이 아니었다. 무조건 도망쳐야 했다. 그러나 다시 한 번 허깨비처럼 눈앞에 나타나는 그의 모습에 그게 가능할까라는 절망이 찾아왔다.

그럼에도 홍산은 최선을 다해 방향을 틀었다.

'쥐새끼 같군.'

은월의 미간에 주름이 졌다. 벌써 네 번째다. 앞을 막고 손을 뻗어 잡으려 할 때마다 빠져나간 것이 말이다.

'이번에야말로.'

이번에는 피할 방위까지 생각해서 앞을 막겠다고 생각하고 움직였다.

홍산도 슬슬 도망치는 것이 한계라는 생각이 들었다.

그때였다.

다시 한 번 그 반짝이는 길이 눈에 보였다. 아무런 생각도 할 수 없었다.

아무것도 아니란 것을 알았지만, 홍산은 그 길을 향해 달렸다.

은월이 홍산의 앞을 막으려 나타난 것은 찰나의 후였다.

그의 손은 다시 한 번 허공을 갈랐다. 아무것도 없었다.

"뭐, 뭐냐?"

순간 은월은 당황했다. 수많은 경험을 가진 그가 이처럼 당혹한 이유.

아이가 사라졌다. 그의 기감에도 걸리지 않았다.

홍산은 어리둥절했다. 자신이 바로 옆에 있는데, 자신을 잡으려던 무사는 자신을 못 보는 듯하지 않은가.

"뭐, 뭐지?"

자신도 모르게 중얼거렸다. 그리고 깜짝 놀라 양손으로 입을 가렸다. 자신의 말소리를 들었을지도 모르는 일 아닌가.

그럼에도 무사는 아무것도 모르는 듯했다.

'정말로 이게 무슨 일이지?'

홍산은 혹시나 하는 심정으로 몇 걸음 옮겼다.

"거기구나!"

그때, 득달같이 달려드는 무사를 볼 수 있었다. 깜짝 놀란 홍산은 서둘러 뒷걸음질 쳤다.

그러자 은월은 다시금 홍산의 기척을 놓쳤다.

"어디냐! 어린 녀석이 이 무슨 사술을 익힌 것이냐!"

자신의 지식으로 이해할 수 없었기에 은월은 대번에 사술을 떠올렸다. 이 기이한 상황에 홍산은 고개를 갸웃거렸다.

이내 침착함을 되찾고 주변을 살폈다.

'길이 반짝거린다.'

그 반짝거리는 길이다. 이곳을 저 무사가 인식하지 못하고 있었다. 좀 전에 득달같이 달려들었을 때는 홍산이 반짝이는 길을 벗어났을 때였다.

"이 안에만 있으면 나를 못 찾는구나."

그 사실을 인식하자 자리에 풀썩 주저앉았다. 안도와 함께 이제야 공포가 찾아온 것이다.

"후우……."

홍산의 눈으로 가는 눈물이 떨어졌다. 무서웠다. 무서울 수밖에 없었다.

그렇게 얼마나 시간을 보냈을까? 은월은 여전히 주변을 샅샅이 뒤지고 있었다.

어느 정도 진정이 된 홍산은 현 상황을 냉정하게 분석하기 시작했다.

"이 빛나는 길에서 나가면 저 사람은 대번에 날 찾을 거야."

그런 홍산의 시선은 은월의 허리에 매달린 검으로 향했다. 보기만 해도 섬뜩했다. 무림인이 자신을 찾을 이유는 없었다.

오직 하나 있다면.

"형님 때문인가?"

직접 상대하기에는 너무 강한 사람이다.

그랬기에 형에게 원한이 있는 사람이 형 대신 자신을 노린 것인지도 몰랐다. 집에 있는 어머니와 홍해가 걱정이 되었지만 이내 고개를 저었다. 그런 일을 대비해서 경천회의 무사들이 잔뜩 읍성에 있는 것 아니던가.

다만, 자신이 홀로 움직인 것이 문제였다.

홍산은 북쪽으로 이어진 빛나는 길을 바라보았다. 이 길을 따라가는 수밖에 없었다.

"어디로 이어졌는지 모르겠지만, 빛나는 길에서 나가는 순간 발각될 거야."

아래로 내려간다는 생각은 하지 않았다. 동면 입구로 나가더라도 저 사람이 그곳에서 기다리고 있으면 곤란했으니까.

시간이 지나면 사람들이 자신을 찾아 동면으로 들어올 것이다. 그때까지 기다리면 될 일이다. 다만 이곳은 벗어날 생각이었다.

아무리 상대가 자신을 보지 못한다 하더라도, 흉흉한 기세를 풍기며 주변을 수색하는 이를 가만히 본다는 것은 아직 홍산에게는 굉장히 어려운 일이었다.

그렇게 홍산은 걸음을 옮겼다.

허기가 질 때면 품에 있는 주먹밥을 꺼내 먹었다. 죽통의 물을 다 마셨을 때쯤, 작은 개울도 발견했다.

홍산은 그렇게 어디로 이어졌는지도 모를 길을 걸었다. 갈림길이 나올 때면 표시를 했다.

처음에는 은월에게서 도망칠 목적으로 걸었지만, 걷다 보니 이 신비로운 길에 빠져들었다.

벌써 몇 번을 맹수들을 마주쳤는지 모른다. 그런데 그 맹수는 자신을 보지 못했다. 아무것도 없다는 듯 그냥 지나쳤다.

이 길의 끝이 어디인지 궁금했다.

그래서 홍산은 계속해서 더 깊이 들어갔다.

해가 지고 있었다. 마을에서 자신의 부재를 알고 수색하러 올 시간이 되었음에도, 그 사실을 까맣게 잊었다.

좀 더 컸다고 해도 홍산은 아직 열세 살. 호기심이 넘쳐흐를 때였다.

그랬기에 맹수들의 모습이 여느 맹수들과 달랐음을 홍산은 눈치채지 못했다. 총명한 그답지 않은 모습이었다.

어머니는 걱정 가득한 얼굴로 싸리문 앞을 서성였다. 이미 사방에 어둠이 깔렸는데 아직 홍산이 오지 않은 것이다.

그때 무사 한 명이 헐레벌떡 뛰어왔다.

"산이가 아직 서문으로 들어오지 않았다고 합니다."

무사의 말에 어머니의 얼굴에 걱정의 빛이 더욱 짙어졌다.

"일단 저희가 동면으로 가보겠습니다."

경천회 무사들의 움직임이 분주해졌다. 그간 아무 일이 없었기에 너무 방심했다.

무사들이 분주히 채비를 할 때, 묵린이 벌떡 일어났다. 그리고 누가 제지를 할 틈도 없이 서쪽으로 치달렸다.

"무, 묵린아!"

그때 어머니 곁으로 다가오던 홍해가 깜짝 놀라 외쳤다. 그러나 이미 묵린의 모습은 사라지고 없었다.

묵린은 검은 바람이 되어 달렸다. 성벽을 훌쩍 뛰어넘을 때도 누구도 그 모습을 보지 못했다.

묵린은 빠르게 달리며 홍산의 냄새를 쫓고 있었다. 그 두 눈이 사납게 빛났다.

홍산의 냄새에 뒤이어 다른 냄새가 덮여 있었기 때문이다.

누군가가 홍산을 쫓아갔다.

묵린은 그렇게 인식했다. 그렇기에 땅을 박차는 묵린의 네 다리가 더욱 빨라졌다.

"으르르릉."

묵린의 울음이 사납게 흘러나왔다.

순식간에 동면의 초입을 지나 깊숙한 곳으로 달렸다. 이제 완연한 어둠이 덮였건만 아무런 문제가 되지 않았다.

점점 울창해지는 나무들도 묵린의 속도를 줄이지 못했다. 달릴수록 홍산의 냄새가 진해졌다. 그리고 그만큼 다른 이의 냄새도 진해졌다.

묵린이 우뚝 멈춰 섰다.

그리고 사방을 노려보며 고개를 갸웃거렸다. 여기까지였다. 이곳에서부터는 홍산의 냄새가 더 이상 나지 않았다. 주변을 둘러보아도 여느 곳과 다를 것이 없었다. 그런데 신기하게 홍산의 냄새만 사라졌다. 주변을 몇 차례 배회한 묵린은 길을 다시 잡았다.

홍산의 냄새가 사라졌다면, 홍산을 쫓았던 놈부터 찾으려는 심산이었다.

그렇게 치달린 묵린이 은월을 찾은 것은 금세였다. 아무리 산속을 헤매도 홍산을 찾지 못한 그가 동면 초입 쪽으로 내려와 있었다.

동면을 오르던 묵린과 길이 엇갈린 것이다.

"경천회에서 장홍원의 집을 돌봐주고 있다고 했으니… 그놈이 아직 산에 숨어 있는 거라면 슬슬 난리가 나겠군."

은월은 가만히 읍성 쪽을 바라보며 중얼거렸다.

"이대로 떠나야겠어."

그래도 소득은 있었다. 훌륭한 검을 얻지 않았던가.

이대로 해미성으로 향할 생각이다. 그렇게 정하고 걸음을 떼려는 찰나.

무시무시한 기세로 자신을 향해 달려드는 존재를 느꼈다.

"뭐, 뭐지?"

자신도 모르게 목소리가 잘게 떨렸다.

"컹! 컹!"

그때 묵린이 커다란 울음과 함께 은월을 덮쳤다.

"큭!"

재빨리 피했으나 한쪽 팔의 옷이 긁혔다.

"크르르릉."

묵린이 사나운 울음을 흘리며 은월을 노려보았다.

느껴졌던 기세와 달리 나타난 것이 고작 덩치가 조금 큰 개였으나 은월은 방심하지 않았다. 보이는 외견과 달리 여전히 그 기세가 어마어마했기 때문이다.

당장에라도 자신을 찢어 죽일 듯한 살기도 줄기줄기 흘러나왔다.

"무슨 개가……."

은월은 묵린과의 거리를 벌리며 질린 목소리로 중얼거렸다. 그는 어느새 검을 뽑아 들고 있었다.

황 노인이 잘 벼려준 검은 그 시리도록 차가운 예기를 빛내고 있었다.

은월은 온몸의 내공을 최대한도로 끌어 올렸다.

남면을 겪은 그다. 이곳 향산에서는 무슨 일이 일어나도 이상하지 않을 것이라 스스로에게 말했다.

이곳이 동면인 것은 좀 의외였지만, 북면만 하더라도 인세에 있다는 것이 믿기지 않는 온갖 마수들이 있다 하지 않던가.

"컹!"

커다란 울음과 함께 다시 묵린이 은월을 향해 달려들었다.

챙!

은월이 검을 휘둘러 막았다. 개의 이빨과 검이 부딪혔는데 요란한 소리가 울렸다.

은월이 충돌의 힘을 이기지 못하고 뒤로 주르륵 밀렸다.

어이가 없었다.

그 와중에 개가 뿜어내는 기세는 점점 더 커지고 있었다. 게다가 몸짓도 더 커진 것 같았다. 당장에라도 자신의 목을 물어뜯을 것만 같은 이빨은 반짝이기까지 했다.

'반짝여?'

은월은 유심히 묵린의 이빨을 살폈다.

"미친!"

자신도 모르게 소리쳤다. 그 반짝이는 것은 강기가 분명했으니까.

이빨에 강기를 덮어씌우는 개라니.

아무리 향산이라고 하지만 이건 말도 안 되는 일이다!

차라리 용이라면 이해를 하겠지만, 개가 저런 모습이라니.

은월은 이를 악 물었다.

"타핫!"

먼저 달려든 것은 은월이었다.

자신의 무공 중 가장 강력한 단하칠채검(丹霞七彩劍)이 펼쳐졌다.

반짝이며 교묘한 변화를 일으키는 검의 움직임을 알고 있다는 듯 묵린은 정면으로 달려들어 검을 물었다.

강기가 맺힌 이빨이었기에 은월의 검이 우뚝 멈춰 섰다.

"큭."

내공을 불어넣은 검이 갑작스레 빛을 발하며 강기를 만들었다. 그 기운에 묵린이 입을 떼고 뒤로 물러났다.

홍원에게 잡힐 때만 하더라도 이렇게 영롱한 강기는 만들 수 없었다. 백치로 있는 동안 자신의 몸에 무언의 변화가 생긴 것이 분명했다.

하지만 은월은 거기까지 생각할 겨를이 없었다.

강기가 맺힌 검으로 전력을 다해 단하칠채검의 한 초식을 펼쳤다.

콰콰쾅!

요란한 폭음과 함께 먼지가 일었다.

은월은 그 틈에 능풍만리행을 전력으로 펼쳤다. 쪽팔린 일이지만 도무지 저 개를 당해낼 수 없을 것 같았기에 도주를 택한 것이다.

그야말로 자신의 인생에서 가장 빨리 달렸다.

천선문에서 가장 빠른 경공, 능풍만리행을 펼쳐서.

앞만 보고 전력으로 달렸다. 그 방향은 해미성이 있는 곳이었다. 이런 상황에서 나무가 방해되는 산속으로 도주할 수는 없지 않은가.

하지만 시선을 살짝 돌린 은월을 깜짝 놀랐다.

가소로운 표정을 짓고 있는 묵린이 바로 옆에서 나란히 달리고 있었다.

묵린과 눈이 마주치는 순간, 개가 조소를 짓는다는 생각이 들었다.

그리고 그 생각이 은월의 마지막 의식이었다.

대번에 은월에게 달려들어 목을 물어버린 묵린이다.

그 일격에 은월은 그대로 허무하게 목숨을 잃었다.

강기가 가득한 이빨이 은월의 목숨을 단숨에 빼앗은 것이다.

묵린은 다시 몸을 돌려 동면으로 향했다. 이놈에게서 홍산의 냄새가 나긴 했지만 그렇게 진하지 않았다.

그렇다는 말은 이놈과 만나기는 했으되 잡히지는 않았다는 뜻이다.

냄새의 흔적이 사라진 곳으로 가봐야겠다는 생각을 하는 묵린이다.

예전에 홍원과 향산을 드나들 때도 이런 경험이 있지 않은가.

냄새와 소리는 물론 모든 흔적이 사라져 버리는 신비로운 길.

홍산은 어쩌면 그 길에 들어가 버린 것인지도 몰랐다. 그렇다면 안심이다.

묵린의 표정이 한결 가벼워졌다. 그러나 그 빠른 속도는 여전했다.

마지막으로 홍산의 흔적이 끊긴 곳에 다시 도착했으나 변화는 없었다.

묵린은 그곳에 엎드렸다. 감각은 여전히 최고조로 예민한 상태였다. 그중에서도 후각은 그 절정을 달했다.

어디서든 홍산의 냄새 자락이 조금만 느껴져도 당장에 달려갈 만반의 준비를 한 상태였다.

한편 사위가 완연한 어둠에 잠긴 후에야 홍산은 정신을 차렸다. 집에서 걱정할 것이라는 생각이 퍼뜩 든 것이다.

자신도 홍원이 향산에서 밤을 보내는 날에는 얼마나 걱정을 했던가.

하지만 막상 돌아가려고 하니 걱정이 되었다. 자신을 쫓던 그 남자가 계속 그곳에서 기다리고 있을 것만 같았다.

"그래도 이 정도 시간이면 사람들이 나를 찾아 나섰을 거야."

고개를 주억거린 홍산은 몸을 돌렸다. 이 빛나는 길에 들어왔던 그곳으로 돌아가려는 것이다.

하지만 아무리 안전하다는 확신이 있어도 어둠 속의 산은 무서웠다. 홍산은 이런 경험이 처음이지 않은가.

천천히 걸음을 옮기다가도 사방에서 동물의 울음소리가 들리면 움찔거렸다.

이곳에는 절대 나타날 수 없음을 알고 있음에도 말이다.

이 빛나는 길의 바깥에서는 이곳의 소리도 들을 수 없고 형체도 볼 수 없는 것 같았다. 하지만 빛나는 길에서는 바깥의 형체도 볼 수 있고 소리도 들을 수 있었다.

그랬기에 무서움이 가득했다.

맹수와 맹금의 울음소리는 아직 홍산에게는 공포의 대상이었으니까 말이다.

그렇게 조심조심 표식을 찾아가며 움직이던 홍산은 고개를 갸웃거렸다. 어느 순간부터 표식이 안 보였다.

"길을 잘못 들었다."

깨닫는 순간 멈췄다. 어두운 산속이다. 이 어둠 속에서 길을 잃은 채 무작정 돌아다니면 더욱 위험해진다.

날이 밝을 때까지 기다려야 했다. 날이 밝으면 어디서 길을 잘못 들어 표식을 놓쳤는지 찾기가 수월할 것이다.

홍산은 주변을 두리번거렸다. 그렇다고 길 한가운데서 밤을 지새울 수는 없는 노릇이다. 그런 홍산의 눈에 작은 토굴이 눈에 띄었다.

그렇다고 무작정 그곳으로 갈 수 없었다. 그 토굴이 빛나는 길 안인지 밖인지부터 확인해야 했다. 조심스레, 신중히 확인하니 안쪽이었다.

홍산은 토굴 안으로 들어갔다. 홍산에게 적당한 크기의 토굴은 아늑했다.

그 아늑함에 홍산은 두 눈을 감았다.

잔뜩 긴장했던 경험 때문일까? 눈을 감자마자 스르르 잠에 빠져들었다.

그 시각, 경천회의 무사들이 동면 곳곳을 수색하고 있었지만, 홍산으로서는 알 수가 없었다.

날이 밝았다.

산새 소리에 홍산이 두 눈을 부스스 떴다. 잠시 멍한 눈으로 주변을 둘러보았다.

아직 비몽사몽간이었다. 잠시 후 겨우 정신을 차린 홍산은 현재 자신의 처지를 자각했다.

"아, 이럴 때가 아니지."

홍산의 죽통에서 물을 꺼내 마셨다. 지금 마신 것이 마지막이었다. 이제는 정말로 빠져나가야 한다.

그리 생각하며 몸을 일으키던 홍산의 눈에 띄는 것이 있었다. 어젯밤에는 어두워서 미처 발견하지 못한 것이다.

아침 햇살이 비춰 들어와 토굴을 밝혀주었지만 여전히 진한 그림자가 드리워진 곳이다.

가까이 다가가 보니 땅에 박힌 단검의 손잡이였다.

"응? 이런 곳에?"

기이했다. 자신이 겪기에도 이곳은 아무나 들어올 수 없는 곳이다. 그런 곳에 사람의 흔적이 있었으니.

홍산이 검병을 잡고 단검을 뽑았다.

뽑힌 자리에 주머니가 보였다. 손으로 조심스레 주변 흙을 파내고 주머니를 펼쳤다. 여기저기 삭은 천이었다.

몇 겹의 천으로 둘러싸여 있었기에 천을 벗겨낼수록 보존 상태가 좋았다.

그렇게 끄집어낸 내용물을 펼쳤다.

피로 쓰인 편지였다. 홍산은 그 내용을 읽었다.

홍원이 보거라.

산의 길에 들어올 수 있는 것은 나와 산인 어르신 외에는 너밖에 없으니, 이것을 발견한다면 너일 게다. 어르신은 세상사에 초탈하신 분이시니.

발견해도 좋고 발견하지 못해도 좋다.

혹시라도 내가 이 일에 대한 흔적을 남긴 것을 놈들이 알게 되면 가족에게도 화가 미칠까 두렵구나. 해서 이곳에 이렇게 남긴다.

이곳이라면 너 이외에는 발견할 수 없을 테니까 말이다.

네가 어르신을 따라 떠난 지 벌써 여러 해가 흘렀구나. 어떤 모습으로 돌아올 것인지 늘 기대하였건만 어쩌면 이것이 내가 너에게 남기는 마지막 말일지도 모르겠다.

그리 생각하니 네가 이것을 발견했으면 좋겠구나.

아비가 어이해 산에서 상처를 입고 돌아와 죽었는지, 그 연유
는 알려야 할 것 같아서 이렇게 힘겹게 남긴다.

......

상당히 긴 내용이었다.

홍산은 손을 부들부들 떨었다. 이것은 기억에도 없는 아버
지가 형에게 남긴 편지였다.

그리고 지금껏 사냥 중의 상처 때문이라고만 여겼던 아버지
의 죽음의 원인이 완전히 뒤바뀌는 내용이었다.

마땅히 쓸 것이 없어 피로 쓴 편지다.

내용대로라면 생명이 경각에 달할지도 모르는 심한 상처를 입
고 이렇게 절절한 내용을 남기시다니. 얼마나 필사적이셨을까.

홍산은 울컥했다.

눈이 빨갛게 물들었다.

홍산은 감히 이 편지의 내용을 자신이 감당할 수 없다고 생
각했다.

그러기에는 너무나 어렸고, 약했다.

"형님."

떨리는 목소리로 작게 중얼거렸다.

지금 이 순간만큼 형님의 듬직한 등이 그리울 때가 있을까.

홍산은 다시 편지를 조심스레 원래 상태로 만들었다. 그리고
토굴 밖으로 나가 작은 돌을 수없이 주워 왔다.

땅을 파고 돌로 공간을 잘 만든 후 주머니를 넣었다. 그리고
다시 돌로 꼼꼼히 봉하고 그 위에 흙을 덮었다. 마지막으로 그
곳에 단검을 꽂았다.

감히 자신이 지금 이것을 가지고 가서 형에게 전할 수 있을
까 알 수 없었기에 이렇게 둔 것이다.

아버지의 편지 내용대로라면 이곳에 올 수 있는 사람은 형뿐
이었으니까.

자신이 어쩌다가 이 빛나는 길에 들어온 것인지는 알 수 없
었다.

"아, 산의 길이라고 하셨지."

아버지와 형은 이 길을 그리 부르는 듯했다.

다음에 다시 형과 함께 이곳을 찾을 수 있도록 표식을 꼼꼼
히 했다. 그리고 지나온 길을 머릿속에 집어넣었다.

만약의 사태를 대비해 형에게 전할 지도를 만들기 위함이다.
그렇게 홍산은 자신이 전날 밤 길을 잃었던 곳을 찾았고, 계속
해서 전날 남긴 표식을 되짚어 갔다.

그 길도 모두 외웠음은 물론이다.

그렇게 처음 산의 길로 들어선 자리에 왔을 때 홍산은 깜짝
놀랐다.

두 눈을 부리부리하게 뜬 묵린이 앉아 있었기 때문이다.

"무, 묵린아!"

그렇게 반가울 수가 없었다.

홍산은 앞뒤 생각하지 않고 산의 길에서 뛰쳐나갔다.

그렇게 산의 길을 벗어나자마자 묵린이 바로 반응했다.

"멍멍!"

당장 홍산을 향해 달려들었다.

"아하하하하!"

커다란 웃음이 터져 나왔다. 눈에서는 눈물이 흘렀다.

"나 찾으러 왔구나. 고맙다, 고마워. 이제 집으로 가자!"

눈물을 닦으며 홍산이 말했다.

"멍!"

그렇게 짖으며 묵린이 몸을 움직이는 듯하더니 순식간에 홍산을 공중으로 띄워서는 등으로 받았다.

그렇게 홍산을 등에 태우고 묵린은 천천히 읍성을 향해 걸음을 옮겼다.

밤샘 수색 끝에 겨우 지게만을 발견한 경천회의 무사들은 다시 동면을 수색할 채비를 하고 서문을 나섰다.

동면을 향해 걷던 그들은 멀리서 아스라이 다가오는 인영을 볼 수 있었다.

"저, 저기!"

그것은 묵린의 등에 탄 홍산이었다. 경천회 무사들을 발견한 홍산은 함박웃음을 짓더니 그대로 묵린의 등에 축 늘어졌다.

그간의 긴장이 풀리며 실신한 것이다.

第三章
살롱

　세월은 빠르게 흘렀다.

　홍원은 그 세월 속에서 묵묵히 검을 휘두르며 명상을 할 뿐
이다.

　예상했던 것보다 훨씬 많은 시간을 이곳에서 보냈다.

　하오문을 통해 온 소식 중 홍산이 누군가에게 쫓겨 동면에
서 하루 정도 실종 상태였다는 말에 잠깐 평정심이 흐트러졌었
다. 그러나 무사하다는 이야기도 소식 말미에 있었기에 금세
마음을 추스를 수 있었다.

　'묵린이 있으니까.'

　홍원은 묵린을 믿었다.

　동면에서 홍산을 찾아온 것도 묵린이라 하지 않았던가.

그렇게 부동심을 갖추고 수련에 빠져드니 그야말로 세월은 쏜살과도 같이 흘렀다.

자신이 필사한 천선의 비급을 몇 번을 읽었는지 셀 수도 없었다. 이미 한 권은 닳아 없어져 다시 한 권을 만들 정도였다.

그렇게 흐른 세월이 꼭 일 년이었다.

곡비연의 안내로 이곳에 자리를 잡은 지 정확히 일 년이 되는 날.

홍원은 이제 돌아가기로 마음먹었다.

"귀향하실 모양이네요."

동굴 밖으로 나온 홍원의 얼굴을 본 단리유화가 말했다. 홍원은 고개를 끄덕였다.

"이제 읍성으로 가는 건가요?"

단리유화의 말을 듣고서는 곡비연이 나타났다. 홍원은 재차 고개를 끄덕였다.

이곳에서 함께 보낸 일 년의 시간 때문인가. 세 사람 사이에 은근한 유대감이 자리했다. 그랬기에 서로를 바라보는 시선은 편하고 따뜻했다.

"많은 것이 변해 있을지도 모르겠어."

홍원이 낮게 중얼거렸다.

그랬다. 가장 많이 변한 것은 자신이었다.

더없이 잔잔한 호수와도 같은 기운이 홍원에게 자리했다.

이전과는 또 다른 모습이었다.

"그러면 떠날 채비를 할게요, 상공."

곡비연은 서둘러 움직였다. 하지만 채비를 할 게 별로 없었다. 이들은 이곳에서 최소한의 것만 준비해 지냈으니까.

"저도 준비를 좀 할게요."

단리유화도 자리를 떠났다.

그런 두 사람의 뒷모습을 보는 홍원의 눈빛이 복잡했다.

함께 보낸 세월이 일 년이다. 남녀가 한 장소에서, 꼬박 일 년을 함께한 것이다.

아무리 홍원이라도 두 사람의 마음을 모를 수가 없는 시간이었다.

'어쩐다······.'

그래서 복잡했다.

남녀 간의 관계가 무공보다 어렵다는 생각이 들었다.

'차차 생각해 봐야지.'

홍원도 두 사람이 싫지 않았다. 정확히는 이제 두 사람 모두에게 호감을 느끼고 있었다.

그 호감이 조금만 더 발전한다면, 연심이 되지 않을까?

문득 그런 생각이 들 때도 있었다.

꿈속의 세월에서는 없었던 일이다.

그러고 보면 아직 여인을 제대로 알지 못했다. 단지 욕구를 풀기 위해 여인을 품는 것과는 전혀 달랐다.

그야말로 숙맥이었다.

그런 생각이 들자 홍원은 머쓱한 웃음을 지었다. 자신도 아직은 많은 것이 서툴렀다.

그런 상념에 잠겨 있는 사이, 두 여인이 준비를 마치고 다시 나타났다.

"그러면 떠나지."

"장 공자는 준비할 게 없나요?"

단리유화의 물음에 홍원이 고개를 끄덕였다.

"어차피 이렇게 왔으니까."

맞는 말이다.

단리유화를 대하는 홍원의 말투도 바뀌어 있었다. 육 개월 전, 단리유화의 요청으로 인한 것이었다.

곡비연에게 대하는 것처럼 자신도 편히 대해달라고 했었다. 왠지 그 차이로 인해 홍원이 단리유화와 거리를 두는 것같이 느낀 듯했었다.

어느 정도 시간이 걸렸지만, 결국 홍원은 단리유화와 곡비연을 대하는 것이 똑같아졌다.

그렇게 세 사람은 그곳을 떠나 읍성을 향해 길을 잡았다.

홍원이 수련을 마치고 읍성으로 길을 떠나기 육 개월 전으로 시간을 거슬렀을 때, 북궁휘용이 광소를 터뜨리고 있었다.

"크하하하하하!"

그의 웃음은 공동을 쩌렁쩌렁 울렸다.

잔뜩 난 수염과 제멋대로 자란 머리칼이 그를 괴인으로 보이게 했다.

"두 배의 시간이 걸릴 거라 하셨소? 조사님. 하지만 나는 오히려 절반으로 단축시켰다오."

북궁휘용은 자신만만한 미소를 지으며 중얼거렸다.

그로서도 예상 못 한 일이었다. 어려울 것이라는 말에 더욱 수련에 매진했다.

자는 시간도 아꼈다.

수련하고 명상하고, 정말로 목숨을 걸고 매달리다시피 했다.

그 결과, 불과 육 개월 만에 천선 살룡을 대성한 것이다. 북궁패명의 예상을 훌쩍 뛰어넘는 결과였다.

그리고 이런 결과에 가장 놀란 것은 북궁휘용 그 자신이었다.

처음 접했을 때, 과연 인간의 무학인가라는 의구심이 들 정도로 대단한 것을 예상한 기간의 사분지 일 만에 완성하지 않았던가.

북궁휘용은 붉은 기운이 넘실거리는 자신의 양손을 내려다보았다.

"좋군."

굉장히 만족스러웠다.

자신은 이제 인간의 한계를 뛰어넘은 듯했으니까.

내공을 끌어 올렸다. 단전에 가득한 내공이 부드럽게 움직이며 양 주먹으로 모였다.

붉은 기운이 넘실거리며 권강이 형성되었다. 정확히는 강기와는 조금 달랐다.

예리하게 응축되어 빛나는 기운만이 아니라, 그 주변으로 아지랑이같이 흘러나오는 붉은 기운이 있었다.

북궁휘용은 가볍게 주먹을 내질렀다. 붉은 기운이 그대로 연공실을 가로막은 벽에 부딪혔다.

폭음도 진동도 없었다.

대신 벽이 소멸하듯 구멍이 뚫렸다. 딱 사람 한 명이 지나갈 수 있는 크기였다.

북궁휘용은 고개를 끄덕였다.

기대 그 이상이었다. 그도 대성을 이룬 후 극성의 오의를 담은 천선 살룡은 처음 사용한 것이다.

그동안 시험 삼아 무수히 두드려도 꿈쩍도 안 하던 벽이, 일 권에 저런 식으로 뚫려 버리다니.

이것이라면 능히 천하를 발아래 둘 수 있었다.

"그 괴물이 문제가 아니군. 황제마저도… 크큭."

만족스러운 웃음이 흘러나왔다.

구멍을 통해 연공실을 빠져나오니 못 보던 것이 있었다. 작은 석탁이 바닥에서 올라와 있었고, 그 위에는 한 권의 서책과 한 자루의 도가 놓여 있었다.

북궁휘용은 서책을 먼저 집어 들었다.

본좌가 남긴 이 글을 읽고 있다면 후손은 천선 살룡을 대성했다는 뜻이리라. 이 안배가 후손의 손에 들어갈 일이 없는 게 가장 좋은 일이지만, 누군가가 이 글을 보고 있다면 우선 경하한다.

천선 살룡을 대성하였음을!

능히 천하를 발아래 둘 수 있는 오의이니, 다시는 천선문이 무너지는 일이 없도록 하라.

천선 살룡을 대성하였다 하나 진정한 완성은 용의 내단을 흡수해야 하는 바.

내 이 서책에 용을 사냥하는 법과 용의 위치를 기록하였으니 후손은 참고하기 바란다.

본좌는 용의 내단을 취하는 데 실패하였다.

수많은 시행착오와 실패를 바탕으로 정립한 방법이니 후손은 필히 내단을 흡수하여, 본좌조차 오른 적이 없는 경지에 이르기를 기원하노라.

책의 서문이었다.

더 이상 사념을 남길 여유가 없는 듯했다. 이런 진부한 내용의 서책이라니.

하지만 그 내용은 그렇지 않았다.

모두 열 마리의 용이 있을 것으로 추측되는 장소가 기록되어 있었으며, 그 용들의 나이도 기록되어 있었다.

이 서책을 작성할 당시에는 이무기에 불과한 개체도 있었다.

"좋군."

북궁패명의 안배는 완벽했다.

옆에 놓인 도는 살룡도라 했다. 천선 살룡을 펼쳐 용을 잡기 위해 만들어진 도였다.

북궁휘용을 도를 허리에 찼다. 그리고 서책은 삼매진화로 태워 버렸다.

이미 그 내용은 모두 암기했다.

"글쎄… 그런데 굳이 용을 잡아야 할까 싶군."

넘쳐나는 힘에 취해 있었다.

서책을 통해서 북궁패명이 두 번, 세 번 당부했으나 마음이 동하지 않았다.

북궁패명의 사념이 천선 살룡을 전하며, 반드시 용의 내단을 취해야 한다고 했을 때만 해도 그럴 마음이 가득했다.

그러나 실제로 천선 살룡의 위력을 직접 접하고 나니 의미 없는 일이란 생각이 들었다.

이런 무공을 감당할 수 있는 인간이 있다고는 믿고 싶지 않았다. 당시 그 괴물이 행한 일을 지금 자신도 능히 할 수 있다는 생각이 들었으니까.

아니, 더 손쉽게 할 수 있겠다는 자신이 있었다.

게다가 그 괴물이 천선문을 찾으려면 아직 십수 년의 시간이 남지 않았는가.

그 시간 동안 자신이 얼마나 더 강해질지 알 수 없는 일이다.

굳이 용을 찾아 시간 낭비 할 생각은 없었다.

쿠르르릉!

요란한 소리를 내며 마지막 석문이 올라갔다.

조사동의 입구를 막고 있던 석문이다. 이것은 북궁휘용이 기관을 작동시켜 열었다.

"문주님!"

"감축드립니다!"

문이 열리자마자 패검과 암투, 두 사람이 허리를 숙이며 외쳤다.

두 사람은 줄곧 이곳을 지키고 있었다.

일 년 하고도 여섯 달에 이르는 시간을 보낸 흔적이 고스란히 있었다.

"수고 많으셨습니다."

북궁휘용이 미소 지으며 말했다. 그런 그에게서 은연중에 뿜어져 나오는 기세에 두 사람은 깜짝 놀랐다.

심오한 심득을 발견했다 했었다. 그리고 그것을 익히는 데 오랜 세월이 걸릴 것이라고.

무려 일 년 육 개월 만에 문이 열렸기에 그 심득을 대성했다 여기고 문이 열리자마자 외쳤다.

그런데 실상 이렇게 북궁휘용을 마주하니 확실히 알 수 있었다.

어마어마했다.

도무지 그 끝이 느껴지지 않았다. 대체 조사동에 있던 심득이란 무엇이었을까?

들어갈 때와 나올 때 북궁휘용은 전혀 다른 사람이 되었다.

이런 엄청난 변화를 이루다니, 오히려 그 시간이 너무나 짧게 느껴졌다.

"가, 감축드립니다, 문주님. 정말 대단한 성취를 이루셨군요."

패검이 떨리는 목소리로 다시 말했다.

이전과는 확연히 다른 감정이 담긴 목소리였다.

"두 호법 덕입니다. 조사께서 후손들을 위해 아주 큰 심득을 남겨두셨더군요."

미소 지으며 말하는 북궁휘용에게서 위엄 어린 기운이 절로 흘렀다.

"이제 그만 문으로 복귀하지요. 그사이 무슨 일이 있었는지도 궁금하고요."

북궁휘용이 앞장서 걸으며 말했다. 그 말에 암투과 패검은 황급히 뒤따랐다. 그 와중에 암투가 재빨리 자신들이 머물렀던 흔적을 지우는 것을 잊지 않았다.

일단 가장 가까운 마을로 향했다.

객잔에 들러 목욕물에 몸을 담그니 노곤함이 절로 밀려왔다. 이 얼마만의 목욕이란 말인가.

북궁휘용은 절로 기분이 좋아졌다.

"혹시나 하는 기대로 왔더니, 이런 선물이라니. 후후."

깨끗이 목욕을 마치고, 사람을 불러 수염과 머리도 대강이나마 정리했다.

동경에 드러난 그 모습은 대단했다.

나이를 가늠할 수 없는 젊고 잘생긴 미공자가 그곳에 있었다. 경지가 오른 덕이었다.

"좋군."

북궁휘용은 만족스레 고개를 끄덕였다.

그렇게 밤을 보내고 다음 날, 천선문을 향해 다시 길을 나섰다.

그 여정에 암투와 패검이 지난 일 년 육 개월 동안 중원에서 있었던 일들을 이야기해 주었다.

"향산에 용이 나타났다고요?"

놀랄 일이다.

북궁패명이 용을 잡으라 하지 않았던가. 그리고 그가 남겨준 용의 위치에 향산은 없었다.

"네. 그 때문에 수많은 무림인이 몰려갔습니다만… 홍원이라는 자에게 모두 쫓겨났습니다."

암투의 말에 북궁휘용이 고개를 끄덕였다.

'사숙조의 제자 놈이라… 그래봐야 고작 천선의 전반부만 익혔을 뿐이다.'

그리 생각하는데 더 놀라운 소식이 전해졌다.

"그리고 그가 용을 잡았습니다."

그 말에는 북궁휘용의 얼굴이 딱딱하게 굳었다.

"용을 잡았다고요? 향산의?"

"아, 아닙니다. 향산의 용은 아닙니다. 경천회의 영역에 있는 와사호란 곳에 있는 백룡을 잡았다고 합니다. 그 소문 때문에 중원이 굉장히 시끄러웠습니다."

패검의 말에 북궁휘용의 얼굴이 더욱 딱딱하게 굳었다.

와사호.

'이무기가 한 마리 있다고 한 장소다……'

북궁패명이 남긴 서적에는 이무기라 하였는데, 그사이 용이 된 듯했다.

열 마리 중 세 번째 정도로 약한 것이라 추측되는 녀석이었다.

이미 용을 잡은 이가 있다고 하면 계획을 바꿔야 할지도 몰랐다. 더욱이 그가 전반부의 천선을 익힌 자라면 더더욱.

'그 괴물에 이어 장홍원이라……'

이 시대는 어찌 된 것일까? 전설 속에나 전해질 법한, 상상을 초월한 강자가 너무 많았다.

몇백 년에 한 명 나올까 말까 한 절대자가.

자신을 포함해서 벌써 세 명이지 않은가. 아니, 그 괴물이 없었다면 자신은 조사동을 찾지 않았을 테니 둘이라 해야 할까?

"백리 사숙조는 대체 어느 경지의 무공에 이른 걸까요?"

걸음을 옮기며 북궁휘용이 입을 열었다.

"네?"

패검이 그 내용을 이해하지 못하고 되물었다.

"사숙조의 제자에 불과한 자가 용을 잡았다고 하니 그렇습니다."

북궁휘용의 입가에 쓴웃음이 걸렸다.

그 말에 패검과 암투는 아무 말도 하지 못했다.

세 사람은 금세 천선문으로 복귀했다. 애초에 조사동의 위치가 천선문과 가까운 태황산 아니던가.

복귀하니 밀린 일이 잔뜩 있었다. 모두 북궁휘용이 우문기영의 손발을 묶었기에 일어난 일이다.

북궁휘용은 그 일을 처리하기 전에 우선 우문기영을 불러 그와 독대했다.

"대성을 감축드립니다, 문주님."

"고맙습니다, 노야."

우문기영은 북궁휘용을 만나고 깜짝 놀랐다. 도저히 그 경지를 짐작할 수 없는 거인의 모습이었기 때문이다.

불과 일 년 육 개월이라는 그 짧은 시간에 이런 변화라니.

'조사동에 내가 모르는 무언가가 있었구나.'

그렇게 생각할 수밖에 없었다.

그도 전전대 문주로 조사동에 든 적은 있었으나, 아무것도 얻지 못했었다. 그게 무엇일까 궁금해하는데 북궁휘용이 입을 열었다.

"답답하셨지요?"

"네?"

직설적으로 치고 들어오는 말에 우문기영은 그답지 않게 되묻고 말았다.

"제가 노야의 손발을 묶어놓고 자리를 비웠으니 많이 답답하셨을 겁니다."

"아닙니다. 제가 어찌 그런 마음을……."

우문기영이 황급히 허리를 숙였다.

"은월 호법을 잃어가면서까지 찾으려던 그 괴물은 찾으셨습니까?"

"……."

이어진 물음에 우문기영은 아무런 말도 하지 않았다.

"아직도 못 찾으신 겁니까? 과연 그 괴물이 있기는 한 겁니까?"

알면서도 물었다. 굳이 자신이 알고 있다는 것을 우문기영에게 알릴 생각이 없었기 때문이다.

북궁휘용은 정보의 비대칭에서 오는 우위를 스스로 포기할 생각이 없었다.

"그것이… 의심 가는 이가 있기는 합니다……."

"호오, 그래요?"

북궁휘용이 관심을 가졌다.

"전혀 짐작도 못 하시는 것 같더니 어떻게 찾으셨습니까?"

북궁휘용의 두 눈이 반짝였다. 괴물의 정체는 그도 궁금해하던 바 아닌가.

그는 건물 안에 있다가 매몰되었기에 괴물의 얼굴을 보지도 못했다.

"문주님의 배려 덕에 생각할 시간이 많았습니다. 해서 예지몽을 몇 번이고 복기하다 보니… 그 괴물의 도법이 눈에 익은 것이었습니다."

우문기영의 눈에 익은 도법이라면 천선문과 관련이 있다는 말이다. 오로지 천선문만을 위해 살아온 그였기에 타문파의 무공은 지식은 있을 뿐, 눈에 익는다는 말은 하지 않을 것이기에.

"곰곰이 생각하니, 천선의 움직임이었습니다."

그 말에 북궁휘용이 두 눈을 치켜떴다.

천선이라니.

그것은 미처 예상치 못했던 말이었다. 하지만 금세 평정을 되찾았다.

그랬다. 사실 그런 위력을 발휘할 수 있는 무공이 천하에 얼마나 있겠는가. 천선이라는 말을 들으니 묘하게 수긍이 갔다.

한편으로는 어처구니가 없었다.

천선문을 무너뜨린 무공이 천선이라니.

"정말 예지몽이 맞는 겁니까? 어찌 천선을 사용하는 자가 천선문을 공격한단 말입니까?"

알면서도 물었다.

"그자의 얼굴은 제가 모르는 자였습니다. 제가 아는 천선의 전인 중에는 없었지요."

"그 말씀은?"

"순천의 술법으로 인한 예지몽이 정확하다면, 그자가 외부인이라는 뜻입니다."

"외부인이 천선을 익힌다고요?"

"헌우린 사형과 백리펑 사형이 문에 복귀하지 않았지요."

북궁휘용은 우문기영이 의도하는 바를 알 수 있었다.

"소검선 장흥원."

짧은 중얼거림. 그 말에 우문기영이 고개를 끄덕였다.

"아무래도 그가 의심이 갑니다."

"흐음."

잠시 동안 북궁휘용은 아무런 말도 하지 않았다.

'둘이 아니라 하나였던가?'

용을 잡았다고 하니 그럴지도 모르겠다는 생각이 들었다. 그 정도의 절대자가 한 시대에 둘이나 있는 게 정상이 아니었다.

'뭐, 용을 잡는다는 거 자체가 정상이 아니니.'

북궁휘용이 우문기영을 바라보았다.

"그게 가능할까요?"

"그래서 아직은 의심만 하는 단계입니다."

"고작 전반부의 천선으로 그게 가능하겠습니까? 노야께서는 후반부까지 익히지 않으셨습니까?"

우문기영이 고개를 저었다.

"예지몽이 예지한 때는 아직 이십 년이 넘게 남았습니다. 당시 제가 꾼 예지몽은 삼십 년의 세월이었으니까요. 이제 고작 삼 년이 좀 지났을 때에 소검선은 그런 신위를 보이고 있습니다. 천선의 전반부, 후반부가 중요한 게 아닌 듯합니다."

'그렇지요. 그리고 지난 삼십 년에는 그자가 없었습니다. 역천의 대법 이후 갑작스레 나타났지요. 그래서 그가 그 악귀인 겁니다.'

이미 우문기영은 확신하고 있었다.

그럴 수밖에 없는 것이, 바뀐 일들이 너무나 많았고 거기에는 모두 홍원이 관련되어 있지 않던가.

"흐음……."

북궁휘용이 침음을 흘렸다.

그랬다. 그가 천선 살룡에 심취해 잊고 있던 것이 있었다.

바로 세월.

당시 자신도 천선의 후반부를 익혀 상당한 경지에 오르지 않았던가.

그런데 그 괴물과 마주 서지도 못했었다.

당시와 지금의 시차는 이십칠 년 가까이 난다. 그런데 벌써 용을 잡을 정도의 무위라니.

'무언가 문제가 생긴 것인지도……'

문득 그런 생각이 들었다. 그가 아는 역천의 대법이라면 이런 비틀림이 일어나면 안 될 일이다.

의문이 생기면 확인을 해야 할 터.

"태상호법."

"네? 네."

바뀐 호칭에 우문기영이 잠깐 당황했다. 늘 자신의 직책인 태상호법보다는 노야라 불러 오지 않았던가.

"역천의 대법 말입니다."

북궁휘용의 언급에 우문기영은 깜짝 놀랐다.

여태껏 그 존재는 알고 있으되 단 한 번도 이야기하지 않던 것 아니던가.

오직 문주와 태상호법만이 알고 있는 천선문 최후의 한 수였다.

"그 발동법이 궁금하군요."

갑작스러운 물음이었다.

"어, 어찌 갑자기 그러십니까, 문주?"

때문에 우문기영의 목소리가 살짝 떨렸다.

"태상호법의 예지몽이 사실이라면, 둘 중 누군가는 역천의 대법을 펼쳐야 할지도 모르기에 하는 말입니다."

일리가 있는 말이었다. 그러나 의구심이 생겼다.

지금까지 북궁휘용은 괴물의 존재를 부정하지 않았던가. 조사동에서 무언가 일이 있었던 게 분명했다.

"맞는 말씀이십니다만… 문규에 거기에 관한 것은 전적으로 태상호법인 제 소관입니다."

"그때가 오면 제가 태상호법일지도 모를 일 아닙니까? 이십칠 년 정도 남은 때라면요."

그 말 또한 맞는 말이다.

태상호법이란 전대 문주가 맡는 직책이었다. 그렇게 문주의 자리가 이양되면 태상호법의 자리 또한 이양된다.

우문기영의 경우 자신 다음 대의 문주가 먼저 죽었기에 지금까지 태상호법의 자리를 지키고 있는 것이었다.

"후우, 알겠습니다. 함께 가시지요."

그 말에 우문기영은 몸을 일으켰다. 북궁휘용이 그 뒤를 따랐다.

문주의 집무실을 나가 천선문의 후원으로 향했다.

"역천의 대법은 후원에 설치된 기관과 진을 가동해서 펼쳐집니다."

내공으로 소리를 차단하고 움직이고 있기에 두 사람의 대화는 누구도 듣지 못했다.

"다만 지금까지 대대로 전승만 되어 오고 단 한 번도 펼쳐진 적이 없었기에 과연 제대로 작동할지는 아무도 모릅니다."

그 말에 북궁휘용은 속으로 웃음 지었다.

'이미 한 번 훌륭하게 작동하지 않았소이까?'

그러면서 슬쩍 자신의 반지를 쳐다보았다.

"그리고 순천의 선술법은 일종의 기억점이라고 생각하시면 됩니다."

처음 듣는 이야기였다.

"문주께서 대성을 이루시고 건재하시니, 과연 언제 태상호법에 오르실지 모르겠습니다만… 제가 너무 늙었다는 생각도 듭니다. 조금 전 문주께서 말씀하실 때까지는 미처 생각지도 못했지요. 제게 언제 무슨 일이 있을지도 모를 일이니, 미리 준비를 해야지요."

그리 말하는 우문기영의 두 눈에는 무언가 회한이 가득했다.

아직 이십칠 년은 더 건재할 우문기영이다. 그것은 그가 실제로 살았던 세월 아니던가. 하지만 홍원으로 인해 무언가 뒤틀린 지금, 알 수 없는 불안감이 엄습한 것이다.

북궁휘용이 어차피 다음 태상호법은 자신이라는 말을 하기 전까지는 전혀 인식하지 못하던 불안이었다.

"무슨 말씀이십니까? 저는 혹시나 해서 말씀드린 겁니다."

갑자기 변한 태도에 북궁휘용이 말했다.

"압니다. 저 또한 혹시나 해서 말씀드리는 겁니다. 태상호법들 사이에 은밀히 구전되는 가장 중요한 두 가지입니다. 역천과 순천. 그 두 가지 대법에 대한 것이지요. 알고 계신대로 역천의 대법은 시간을 돌리는 겁니다. 그래서 역천인 게지요. 오직 대법을 펼친 자만이 모든 것을 알고 있습니다."

북궁휘용은 우문기영의 말을 들으며 걸음을 옮겼다.

'그리고 이 반지를 가진 북궁가 또한 모든 것을 알고 있다오.'

우문가인 그에게는 말할 수 없는 비밀이었다.

문주의 성이 바뀌면서 중간에 그 내용의 전승이 끊긴 듯했다. 대신 내려오는 전승은 무슨 일이 있어도 반지를 절대 몸에서 떼어놓지 마라였다. 그것은 성씨와는 상관없는 내용이었으니.

"그러면 시간을 되돌릴 때 어디로 되돌리냐 하는 문제가 남습니다."

맞는 말이다.

기껏 돌렸는데, 망하기 며칠 전으로 돌아간다면 아무 소용이 없을 가능성이 컸다.

"그래서 있는 것이 선천의 선술법입니다."

"기억점이라는 것이?"

"네. 선술법이 펼쳐진 때를 진이 기억하고 있습니다. 그것을 위해 몇 년 주기로 정기적으로 선술법을 시행하는 겁니다. 뭐, 어디까지나 전승되는 이야기지요."

이 사실은 그도 몰랐던 것이다. 북궁패명도 언급하지 않았다.

"대단하군요."

순수한 감탄이었다. 많은 것이 안배된 대법이었기 때문이다.

그사이 두 사람은 진의 중심에 도착했다.

"먼저 기관을 작동시켜야 합니다. 이곳과 이곳, 그리고 저곳을 먼저 눌러야 하지요."

쿠쿠쿠쿵!

진이 떨리며 기관이 움직이는 소리가 났다. 그와 동시에 네

곳의 기둥이 솟아올랐다.

"그리고 피를 내서 이곳에 흩뿌려야 합니다."

우문기영이 주변을 가리키며 말했다.

"마지막으로 법문을 외워 진을 발동시키는 겁니다. 법문의 내용은……."

마지막은 전음으로 전했다.

북궁휘용이 외울 수 있도록 몇 번 반복했다.

"뭐, 어디까지나 전승이니. 사실 저도 모릅니다. 그저 의무대로 전할 뿐이지요."

모든 사실을 알린 우문기영은 멋쩍게 웃었다.

그때 진을 살피던 북궁휘용이 고개를 갸웃거렸다.

"왜 그러십니까?"

"이곳은 원래 이렇습니까?"

북궁휘용이 가리킨 기둥 하나가 다른 세 개에 비해 조금 짧았다.

그것을 보는 우문기영의 두 눈이 잘게 떨렸다. 그러나 내색치 않고 애써 답했다.

"모르겠습니다. 실상 제가 이 기관을 움직인 것도, 전대 태상문주께 작동법을 배울 때 이후 처음이니까요. 기억이 나지 않는군요."

북궁휘용은 그곳을 다시 한 번 유심히 바라보았다. 무언가에 베인 듯한 흔적이었다.

우문기영은 다시 기관을 작동해 원래대로 되돌렸다.

북궁휘용은 고개를 끄덕이며 그 모습을 바라보았다.

'텅 비었군.'

우문기영은 상상도 못 할 것이다. 북궁휘용이 이곳에 모인 기운을 느낄 수 있음을.

이전에는 후원을 그렇게 거닐어도 이곳에 잠재된 기운을 느낄 수 없었다. 하지만 천선 살룡을 대성하고 오니 자연스레 느껴졌다.

과연 한 번 대법을 펼쳤기에 진의 기운은 바닥을 드러내고 있었다. 고작 삼 년 정도의 시간으로 그 기운을 회복한다는 것은 불가능한 일이다.

무려 역천을 저지르는 진법 아니던가. 기운을 다시 모으려면 얼마의 시간이 걸릴지 알 수 없었다.

'방법을 찾아봐야겠어.'

그럴 일은 없겠지만, 모를 일이다. 만약의 경우를 대비해야 했다.

이 진법을 만든 이는 북궁패명이라 했다. 그렇다면 혹시 단서가 있을지도 모른다.

조사동의 안배를 보면 그는 굉장히 치밀한 사람이었으니, 그런 생각이 들었다.

"감사합니다, 노야. 덕분에 만약의 일이 있어도 대비할 수 있겠군요. 우리 천선문에 그럴 일이 있을까 싶기는 합니다만."

"예지몽이 알려준 시기는 아직 한참이나 남았습니다. 충분히 대비한다면 그런 일은 없을 겁니다, 문주."

북궁휘용의 미소에 우문기영은 그렇게 답했다.

우문기영과 헤어져 자신의 집무실로 돌아온 북궁휘용의 발걸음은 곧 다른 곳으로 향했다.

천선문의 장서각.

그중에서도 오직 문주만이 들어갈 수 있는 깊은 방.

그곳에는 무수한 서책들이 꽂혀 있었다. 천선문의 역사와 함께한 곳이다.

북궁휘용은 그곳에서도 낡은 책들 위주로 살폈다. 북궁패명이 남겼다면, 분명 천 년 가까운 세월을 버틴 책일 테니 말이다.

무공으로 분류된 곳은 쳐다보지도 않았다.

진법과 잡서 위주의 서책을 살폈다. 그러나 그의 예상과 다르게 북궁패명이 남긴 것은 없었다.

북궁휘용이 고개를 갸웃거렸다. 이럴 리가 없었다.

'자신이 만든 기관진식이 천 년 세월 동안 아무 문제 없이 버틸 것이라 자신한 것인가?'

조사동의 기관이 천 년의 세월 동안 아무 문제가 없기는 했다. 천 년 전에 준비한 벽곡단 역시 아무 문제가 없었고.

하지만 조사동과 이곳은 달랐다.

태황산 깊은 곳에 은밀히 숨겨진 곳과 황도에 이렇게 드러난 곳.

천선문 후원의 기관진식은 예기치 못한 사태에 손상을 입을 가능성이 분명히 존재했다.

"당장 그 기둥을 보더라도 말이지."

북궁휘용은 내색은 하지 않았지만, 자신이 그것을 가리킬 때 우문기영의 눈이 심하게 떨린 것을 놓치지 않았다.

　"문제가 있으면 고쳐야 할 텐데……."

　북궁휘용이 가장 궁금한 것은 사실 그보다는 기운의 보충 방법이었다.

　우문기영이 이미 한 번 대법을 발동시켰기에 적어도 몇백 년은 무용지물이지 않을까 싶었다.

　북궁휘용은 혹시나 이곳에도 비밀 기관이 있나 싶어 샅샅이 뒤졌지만 없었다. 반지도 사용해 봤지만 아무 소용 없었다.

　집무실로 돌아온 그는 의자에 앉아 손가락을 톡톡 두드렸다. 분명 있을 것 같은데 없었다.

　그러다 이내 포기한 듯 고개를 저었다.

　"하긴… 후원이 망가질 정도면 장서각도 남아나질 않겠지……."

　그렇게 중얼거리던 북궁휘용이 멈칫했다. 무언가 떠오른 것이다.

　"그래. 문의 장서각도 불안해. 이곳보다 안전한 곳을 찾아야지. 그렇다면……."

　왠지 어디에 있는지 알 것 같았다.

　바로 움직이고 싶었지만, 이미 날이 너무 늦었다. 하루 온종일을 장서고에서 보낸 것이다.

　지금 찾아갈 수 있는 곳이 아니었다.

　아쉽고, 마음이 급했지만 기다릴 수밖에 없었다.

다음 날 이른 아침.

북궁휘용은 황궁의 대전에서 황제를 알현했다.

"오랜만이로구나, 휘용아."

"네, 폐하."

북궁휘용은 용상에 앉은 황제, 북궁천호를 향해 무릎을 꿇고 엎드렸다.

"폐관에 들었다고 하더니, 성취는 있느냐?"

"작은 성취를 이루었습니다."

북궁휘용의 답에 황제는 고개를 끄덕였다.

"자리를 비운 동안 마황성 쪽에서 문제가 조금 있었다."

"심려를 끼쳐 드려 송구스럽사옵니다."

북궁휘용은 그야말로 납작 엎드렸다.

"뭐, 지금은 잘 해결되었다고 하니 되었다."

홍원이 구양벽을 압박하여 행한 일이었지만, 황제는 자신이 칙사를 보낸 이후 생긴 변화이니 그저 자신이 해결했다 여겼다.

"앞으로는 네가 자리를 비우더라도 천선문이 움직이는 데 아무 문제가 없이 해야 할 게다. 태상호법도 있지 않느냐? 천선문은 우리 황실의 가장 강력한 검이다. 그걸 잊지 말거라."

"명심, 또 명심하겠나이다."

북궁휘용의 대답에 북궁천호는 얼굴을 찌푸리며 손을 내저었다.

"되었다. 사촌 동생인 네가 신하들처럼 그리하면 내가 불편하다. 예전처럼 하거라. 어린 나이에 천선문에 들어가 황실의 검이 된 네 노고를 어찌 내가 모르겠느냐."

그리 말하는 북궁천호의 눈빛은 따뜻했다.

"감사합니다, 폐하."

북궁휘용이 몸을 일으키며 허리를 숙였다.

"황실 서고에 들고 싶다고?"

"네."

"알았다. 조치해 둘 터이니 편히 보고 가거라. 그보다 잠시 이야기나 나누자꾸나."

황제는 용상에서 일어나 걸음을 옮겼다. 북궁휘용은 조용히 그 뒤를 따랐다.

잠시 동안 다향을 맡으며 황제와 담소를 나눈 북궁휘용은 내관의 안내에 황실 서고로 향했다.

그런 그의 얼굴은 딱딱하게 굳어 있었다.

이전에는 미처 이런 생각을 갖지 않았다. 자신에게는 너무나 당연한 일이었기에.

하지만 지금은 아니었다. 자신이 왜 황제에게 무릎을 꿇어야 하는가라는 불만이 가득했다.

천선 살룡을 대성하며 생긴 심성의 변화였다.

북궁휘용은 황실 서고에 들자마자 목표한 서책을 찾았다. 그러기를 한 시진.

"찾았다."

과연 이곳에 있었다.

세상 그 어느 서고보다도 안전한 곳.

이곳에 북궁패명이 남긴 서책이 있었다.

역천(逆天).

서책의 제목은 단 두 글자였다. 이것만 쓰여 있었다면 북궁휘용이 놓치고 지나갔을지도 모른다. 하지만 서책의 왼쪽 귀퉁이에 적힌 북궁패명이라는 네 글자.

그것이 이 책임을 확신하게 하였다.

과연 황실 서고답게 천 년의 세월을 보낸 책임에도 보존 상태가 굉장히 좋았다.

북궁휘용은 그 자리에서 서책을 독파했다.

기관진식의 세세한 설계도부터 위급한 경우에 기운을 모으는 방법까지 모두 자세히 적혀 있었다.

"역시 그건 파손된 거야."

북궁휘용이 설계도를 확인하며 고개를 끄덕였다.

아마도 우문기영이 역천의 대법을 펼칠 때 파손된 듯했다. 홍원의 짓일 테다.

북궁휘용은 그 부분의 수리를 위해 해당 내용은 철저히 암기했다. 손상이 있는 진법을 운용했을 때 무슨 일이 있을지 알 수 없으니.

"대법은 이상 없이 펼쳐진 것 같지만……."

파손 부위를 확인했으나, 대법에는 아무 문제가 없는 듯했다. 단지 홍원이 과거와는 다르게 움직이고 있을 뿐.

"잠깐, 설마?"

대법이 펼쳐지고 과거를 아는 이는 단 두 명이다.

북궁휘용 자신과 우문기영. 그중 우문기영은 자신만이 알고 있다고 생각할 것이고.

그리고 특별히 다른 변화를 만들지 않았다. 우문기영이 북해에 대한 수색을 할 것 말고는 아무것도 없었다.

그런데 바뀌어도 너무 바뀌었다.

"진이 파손되어 역사가 뒤틀린 것인지… 아니면……."

알 수 없는 일이다. 그리고 어차피 벌어진 일이다.

그것보다는 다른 것에 집중해야 했다.

진의 기운을 채워 넣는 방법.

일단 진 스스로가 자연지기를 흡수한다고 되어 있다. 그렇게 흡수하여 진을 가동할 만큼의 기운을 모으는 데 걸리는 시간은 최소 백 년이었다. 상황에 따라 더 길어질 수도 있었다.

"최소한으로 잡아도 구십칠 년이나 남았다라……."

몇백 년을 예상한 것보다는 짧았다. 그러나 자신이 다시 한 번 대법을 펼치지 못하는 것은 마찬가지였다.

책장을 넘겼다.

그 뒷장에는 인위적으로 기운을 모으는 방법이 있었다.

북궁패명은 진을 완성하자마자 대법을 펼칠 수 있게 준비해 두었었다.

그 방법은.

"후우, 이번에도 용인가?"

북궁휘용이 한숨을 내쉬며 중얼거렸다.

북궁패명은 용은 잡았으되, 그 내단은 얻지 못했다.

대신 용의 시체는 얻었다. 그곳에서 뽑아낸 용의 피.

용혈.

그것의 기운으로 진의 기운을 가득 채웠다 되어 있었다.

내단을 위해서도, 진의 기운을 위해서도 용을 잡아야 할 듯했다.

북궁휘용은 원하는 모든 것을 얻은 후 황실 서고를 나섰다.

그리고 석공을 불러 진의 수리를 가장 먼저 했다.

자신이 곁에서 꼼꼼히 확인하여 진의 망가진 축을 원상 복구 하는 데 사흘이 걸렸다.

이제는 다시 떠나야 할 때다.

이번에는 우문기영의 손발을 묶지 않았다. 황제가 이야기했던 것도 있고, 스스로의 힘에 자신이 있었기에 아무 상관이 없었다.

그렇게 모든 준비를 마친 북궁휘용은 다시 천선문을 떠났다.

이번에는 혼자였다.

암투가 은밀히 뒤를 따랐으니 완전히 혼자라 할 수는 없었다.

북궁휘용을 북동쪽으로 향했다.

북궁패명이 남긴 기록에 있는 용들 중 가장 약한 녀석이 있는 곳.

기록에 따르면 이제야 갓 용이 되었을 녀석이다.

북궁패명이 발견했을 당시 겨우 이무기가 되었던 녀석이니까.

이무기가 용이 되는 데 걸리는 시간은 개체마다 다르다. 하지만 그래도 천 년에 가까운 시간이면 거의 용이 된다.

"마황성에서도 동북쪽 끝의 오지에 있다라……."

한 달을 움직였다.

기록된 곳에 도착했다고 끝나는 것이 아니다. 용이 있는 곳을 또 찾아야 한다.

기록에 남겨진 곳의 주위를 보름을 더 뒤졌다.

그렇게 겨우 용을 마주할 수 있었다.

쿠오오오오!

용의 울음에 몸이 찌릿찌릿했다.

"이게 용이란 말이지? 과연."

살룡도를 쥔 북궁휘용이 미소 지었다. 그의 몸에서 붉은 기운이 넘실대며 피어오르기 시작했다.

살룡도에도 같은 강기가 맺혔다.

"타핫!"

북궁휘용이 허공으로 뛰어올랐다.

극성의 허공보가 펼쳐지며 북궁휘용은 공중을 자유자재로 누볐다.

절대의 경지라는 허공답보보다 아무렇지도 않게 펼쳐지고 있었다.

북궁휘용이 노린 곳은 용이 여의주를 쥐고 있는 앞발이었다.

남겨진 기록에 적힌 방법을 철저히 따랐다.

머리에 난 뿔에서 튀어나오는 뇌전을 전부 쳐내며 빠르게 달려들었다.

용이 몸을 꿈틀거리며 북궁휘용을 쳐내려 했지만 붉은 강기
가 넘실거리는 주먹으로 마주했다.

푸른 비늘이 그 주먹에 터져 나갔다.

'역시 아직 무르다. 어린 녀석을 택하길 잘했어.'

기록에 따르면 대성한 천선 살룡으로도 용의 비늘을 베는
것은 쉽지 않을 것이라 했다.

그랬기에 속전속결을 이야기했다. 가장 어린 용을 먼저 잡으
라 되어 있었고.

용이 부담스럽다면 이무기를 찾으라고도 되어 있었다.

해서 이곳에 온 것이다.

다행이라고 할까, 이놈은 용이 되어 있었다.

다만 기록보다 약했다.

용으로 변태한 지 얼마 안 된 듯했다. 여의주의 빛깔도 탁했다.

이무기에서 용으로 변태한 후, 소모한 기운을 아직 제대로
회복하지 못한 듯했다.

콰콰콰쾅!

용과 북궁휘용의 싸움에 곳곳이 부서져 나갔다.

이를 악물고 전력을 다했다. 아무리 약한 녀석이라고 하나,
과연 용이었다.

"큭."

꼬리에 맞고 뒤로 팅겨 나간 북궁휘용이 신음을 흘렸다.

용은 전신에 피를 흘리고 있었다.

"어린놈도 아니고, 와사호의 용을 잡았다고?"

북궁휘용은 가장 약한 녀석을 상대하는 데도 이런 지경인데, 홍원이 와사호의 용을 잡았다는 사실에 자신의 계획을 수정했다.

자신이 천하에서 가장 강할 것이라 생각했건만, 아니었다.

그것은 홍원이었다.

"용을 좀 더 잡아야겠군."

뺨이 살짝 찢어져 흐르는 피를 닦으며 중얼거렸다. 눈앞의 청룡도 곳곳에 상처를 입고 피를 흘리고 있었다.

온몸의 내공을 끌어 올리며 살룡도를 놓았다.

붉은 강기를 입은 살룡도가 허공에 떠올랐다.

"가랏!"

이기어도가 그의 손끝에서 펼쳐졌다. 그리고 곧장 양 주먹에 강기를 두르고 허공보를 펼치며 용을 향해 달려들었다.

第四章
북궁휘용.

　북궁휘용은 천선문에 돌아오자마자 후원으로 향했다.

　그의 모습은 엉망이었다. 옷은 여기저기 찢어져 있었고, 얼굴은 먼지가 덕지덕지 묻은 몰골이었다.

　게다가 굉장히 지친 듯한 모습이었다.

　그의 뒤에는 암투가 있었다. 그 역시 온몸의 생기가 빠져나간 듯한 모습이었다. 그럼에도 그는 반짝이는 눈빛으로 북궁휘용을 바라보았다.

　존경을 넘어 숭배에 가까운 눈빛이었다.

　그럴 수밖에 없었다.

　홀로 용을 상대해 쓰러뜨리는 모습을 지켜봤으니. 자신의 문주에 대한 자부심이 하늘을 뚫었다.

그런 두 사람은 등에 커다란 가죽 자루를 각기 짊어지고 있었다.

용의 피가 가득 담겨 있는 자루다.

이 두 사람이 이렇게 몰골이 된 원인이다.

마황성의 북동쪽 끝의 오지. 그곳에서 천선문까지는 너무나 멀었다.

이곳까지 오는 동안 용의 피가 굳어버리면 아무 쓸모가 없게 되어버린다. 그 서책에는 용의 피를 보관하여 운송하는 방법은 없었다.

설마 용을 이곳에서 잡은 건 아닐 것이다.

내단도 못 얻을 정도로 겨우 잡았다고 했으니. 그렇다면 무슨 수를 써서 옮겼다는 것인데, 알 수가 없었다.

그랬기에 일단 준비해 간 가죽 자루에 용의 피를 가득 담아 왔다. 부디 굳지 않기를 바라면서.

후원에 도착하여 진의 중심에 이르자마자 북궁휘용은 커다란 자루의 입구를 열었다.

진한 혈향이 올라왔다. 무언가 청량함도 함께 있었다.

과연 용혈은 달랐다.

입구를 열어보니 여전히 찰랑거리고 있었다.

매일매일 마음을 졸이며 확인하면서 오지 않았던가. 어젯밤에 자기 전에도, 오늘 아침 일어나서도.

노숙을 하면서 최소한의 수면만 취하면서 이곳까지 전력으로 달렸다.

그 덕에 여전히 찰랑거리는 용혈이다.

다만 가죽 자루와 닿은 부분은 끈적끈적하게 변해 있었다.

'다른 부분과 닿지만 않으면 굳지 않는 것인가?'

어쨌든 안도했다. 이러면 먼 곳에 있는 용이라고 하더라도 용혈을 수급할 수 있을 듯했다.

북궁휘용은 진의 가운데, 북궁패명이 용혈을 부었다는 곳에 가죽 자루의 피를 부었다.

그대로 진 속으로 용혈이 스며들었다.

청석이 아닌 흙으로 이루어진 바닥이었는데, 그럼에도 순식간에 용혈이 사라졌다.

암투는 가만히 그 모습을 지켜보았다.

북궁휘용이 손을 내밀자 자신의 가죽 자루를 건넸다. 다시 한 번 피를 부었으나 이번에는 조금 남겼다.

자신의 가설을 확인하기 위한 용도였다.

진이 은은하게 빛을 뿌렸다. 용혈의 기운을 흡수한 것이다.

북궁휘용의 입가에 잔잔한 미소가 걸렸다.

'이제 됐다.'

갑작스러운 후원의 변화에 암투는 당황했으나 그런 기색을 내비치지 않고 가만히 있었다.

은은한 빛이 사라지고 북궁휘용 주변의 기운을 확인했다.

"뭐?"

툭 튀어나온 말.

그와 함께 그의 얼굴이 찡그려졌다.

충만한 기운이 없었다. 여전히 모자랐다. 이전의 텅 빈 느낌은 아니었지만, 여전히 대부분 비어 있었다.

갑자기 돌변한 북궁휘용의 모습에 암투는 침만 꿀꺽 삼켰다.

"어떻게 된 거지?"

곁에 암투가 있다는 것도 잊었다. 그러다가 그의 모습을 확인하고는 남은 가죽 자루 하나를 챙겼다. 소량의 피를 남긴 것이다.

"이 자루 안에 반쯤 굳은 용혈이 있습니다. 용도가 있을 터이니 문의 의약당에 전해주십시오."

"네."

끈적끈적해진 피는 흘러나오지 않고 자루에 달라붙은 상태였다.

북궁휘용은 자신의 집무실로 들어와 그릇 하나에 남은 용혈을 부었다.

과연 찰랑거리던 피가 그릇에 담기자, 접촉 부위는 끈적끈적하게 변했다. 대신 그 외의 부위는 여전히 찰랑거리고 있었다.

"일부가 보호막 역할을 하나 보군."

이렇다면 아무리 먼 거리라도 상관없었다.

하지만 문제는 진이었다.

자신이 잡은 용은 아주 어린 녀석이었다. 북궁패명이 잡은 개체와는 다를 테니, 이 한 마리의 피로 진의 기운이 가득 차지 않을 수도 있다고 생각은 했었다.

다만 너무 적었다.

채워진 기운의 양은 일 할도 되지 않을 듯한 느낌이었다.

"어떻게 된 거지?"

손가락으로 다탁을 톡톡 두드렸다.

아무리 어리다고 하지만 용 한 마리의 피가 모두 들어갔다. 그렇다면 최소한 절반은 차야 하지 않은가.

가득 찬 상태의 기운은 애초에 북궁휘용도 몰랐다.

하지만 살룡을 완성하고 진의 가운데에 서니, 기운이 어느 정도 채워져 있는지를 본능적으로 느낄 수 있었다. 아마도 북궁패명의 안배인지도 몰랐다.

살룡을 창안하고 완성한 자이자, 진을 만든 자이니.

"후우."

깊은 한숨을 내쉰 북궁휘용은 역천의 서책의 구절을 모두 떠올렸다.

그 어디에도 이와 관련된 내용은 없었다.

"그렇다면 조사님도 이에 대해서는 몰랐다는 말인가?"

그것 말고는 생각할 수 있는 게 없었다.

그랬다.

역천의 대법은 만들었으되, 단 한 번도 사용한 적이 없는 진이었다.

그랬기에 이론적인 부분과 다른 부분이 생긴 것이다.

사실 역천의 대법이 제대로 발동한 것이 기적과도 같은 일이었다. 깨달음으로 구성을 하고 기운을 채웠지만, 사용해 보지는 않았으니까.

정말로 만약의 만약의 경우를 대비한 준비였을 뿐이다.

시간을 돌리는 역천.

그 어마어마한 일을 행하는 데 필요한 기운이 북궁패명이 계산한 것과는 달랐던 것이다.

북궁휘용은 얼굴을 찡그렸다.

"대체 몇 마리나 잡아야……."

알 수 없었다.

일단 조금 쉰 다음에 생각을 해야 할 것 같았다. 예정했던 일을 마치고, 예상치 못한 일을 겪자 그동안 억눌렀던 피로가 한꺼번에 몰려왔다.

목욕을 하고 푹 쉬었다. 정말로 깊은 잠에 빠져들었다.

침상에서 몸을 일으키자 익숙한 기운이 느껴졌다.

우문기영이 기다리고 있었다.

옷을 챙겨 입고 나가니 우문기영이 허리를 깊이 숙인다.

"경하 드립니다, 문주님!!!"

이미 암투에게 모두 들은 듯했다.

그의 시선에는 존경이 가득했다.

"고맙습니다, 노야."

"이제 그 괴물이 나타나더라도 아무 걱정이 없겠습니다, 하하. 제 시름이 이제는 완전히 사라진 듯합니다."

우문기영은 기쁘게 웃었다.

홍원이 용을 잡았다 하지만, 북궁휘용 또한 잡았다.

지난 생에서처럼 그렇게 천선문을 무너뜨리지는 못하리라.

"네. 그러니 아무 걱정 마십시오."

북궁휘용이 웃으며 고개를 끄덕였다.

그리고 잠시 이야기를 나눈 후 북궁휘용은 자신의 연공실로 향했다.

연공실에 든 그는 품에서 나무 상자를 꺼내 열었다.

어른 주먹만 한 구슬이 있었다.

용의 내단이다.

용혈이 굳을까 싶어 그 자리에서 취하지 못하고 이렇게 챙겨서 왔다.

이제 이것을 흡수할 때다.

북궁휘용은 내단을 먹고는 곧바로 가부좌를 틀었다. 붉은 기운이 요동을 치며 연공실을 가득 채웠다.

꼬박 하루의 시간을 소모해 내단의 기운을 흡수했다.

달랐다.

진정한 완성이 용의 내단을 흡수한 다음이라는 이유를 알 것 같았다.

단지 내단을 섭취했을 뿐인데, 무수한 깨달음이 머리를 스치고 지나갔다. 대체 무슨 조화인지 알 수 없었다.

이미 대성을 이루었다 생각한 천선의 깊이가 더욱 깊어졌다.

이런 일이 있을 수 있을까 싶었다.

"아무래도 용을 더 잡아야겠어, 큭큭."

눈을 뜬 북궁휘용이 중얼거렸다. 실제로 내단을 흡수해 보니 생각이 달라졌다.

어마어마한 갈증이 생겼다.

강함에 대한 갈증일까 했으나 그것과는 종류가 좀 달랐다.

어쨌든 이 갈증을 달래려면 용의 내단이 필요할 것만 같았다.

그의 두 눈에 은은한 붉은 기운이 자리했다.

연공실에서 나온 북궁휘용은 다음 여정을 준비했다. 두 번째 용을 잡아야 했다.

진의 기운도 채워야 했고, 스스로의 갈증도 채워야 했다.

각기 필요한 것은 피와 내단.

기억 속에 있는 용들 중 두 번째로 약한 용의 위치를 떠올렸다.

"이번에는 숭무련 쪽이군."

이미 한 번 잡았으니 두 번째부터는 수월하리라.

북궁휘용은 우문기영을 찾아갔다.

"대성을 감축드립니다, 문주님."

또 기세가 달라져 있었다. 어마어마한 속도로 강해지고 있었다.

"용을 잡으러 가야겠습니다."

우문기영을 보자마자 다짜고짜 용건을 꺼냈다.

"네?"

그랬기에 우문기영은 되물을 수밖에 없었다.

"용의 피와 내단이 좀 필요하군요."

"네."

대답을 하는 우문기영은 문주의 성정에 조금 변화가 생긴 것 같다고 느꼈다.

"하지만 용은 전설에만 있던 존재였습니다. 이 일 년 사이에 문주님께서 발견한 것까지 무려 세 마리나 날뛰었습니다만……."

우문기영이 생각하기에 그것이 문제였다.

"위치는 제가 알고 있습니다. 저는 곧장 떠날 테니, 문을 부탁드립니다."

"아, 네. 알겠습니다."

이렇게 성격이 급한 문주가 아니었는데, 라는 생각이 우문기영의 머리를 스쳤다.

"그리고 장홍원, 그자의 행적을 알아봐 주십시오."

"네? 그자는 왜?"

"굳이 이십칠 년을 기다릴 이유가 없지요. 한번 봐야겠습니다."

용을 상대할 때만 해도 홍원이 자신보다 강할 것이라는 생각이 들었으나 지금은 아니었다.

내단을 흡수하니 새로운 세계가 펼쳐졌다.

"그럼 떠나겠습니다."

우문기영이 무어라 대답하기도 전에 북궁휘용은 우문기영의 방을 떠났다. 그리고 간단한 준비를 한 후 암투와 패검을 데리고 길을 나섰다.

첫 번째 여정에서 함께할 사람이 필요하다는 것을 느꼈기 때문이다.

　　　　　　*　　　　　　*　　　　　*

"쿠오오오… 오오오… 오오… 오……."

용의 울음이 점차 낮아지더니 이윽고 멎었다.

바닥에 힘없이 널브러져 있었다. 북궁휘용은 싸늘한 눈으로 용의 시체를 내려다보았다.

길었다.

이놈을 찾아서 잡기까지 얼마의 시간이 흘렀는지 모르겠다.

조사동을 나오고 나서 어느새 육 개월의 시간이 흘렀다.

용의 미간에는 살룡도가 깊숙이 박혀 있었다. 북궁휘용은 도를 뽑아 바로 용의 목을 베었다.

빠르게 달려온 암투가 그 아래에 가죽 자루를 댔다. 꿀렁꿀렁 흘러나오는 피가 자루를 채웠다.

패검은 기가 질린 눈으로 그 광경을 바라보고 있었다.

암투에게 듣기는 했지만 실제로 보니 상상을 초월했다.

두 번째였기에 처음보다 수월했다.

이놈의 내단까지 흡수하면 더 수월해질 듯했다.

피를 모두 받아냈다. 이번에는 두 자루를 가득 채우고 세 번째 자루가 필요했다.

피를 모두 받아낸 후 북궁휘용은 곧장 용의 배를 갈라 내단을 꺼냈다.

"잠시 기다리십시오."

그리고 곧장 이곳을 수색하면서 발견한 작은 동굴로 들어가 내단을 흡수했다.

또 하루의 시간이 흘렀다.

벌써 두 번째 용을 잡았지만 사람들은 일체 그런 사실을 몰랐다.

용이라는 녀석들은 정말 오지 중의 오지에 자리를 잡았다.

심마니들도 절대 들어가지 않을 그런 땅이다. 두 번을 경험하니 이제 감이 좀 잡혔다.

세 번째부터는 수월할 듯했다.

'와사호의 녀석이 아쉽군.'

그랬다. 와사호에 자리 잡은 녀석은 좀 특이한 경우였다. 그리고 가지고 있는 목록에서 세 번째로 약한 녀석.

하지만 이미 홍원이 그 녀석을 죽여 버렸으니, 그다음 녀석을 찾아야 할 것이다.

세 사람은 숭무련 영역의 경계에서도 깊숙한 산속을 헤치고 나왔다.

그리고 가장 가까운 성으로 향했다.

깊은 산속을 오랫동안 헤매고 다녔기에 세 사람 모두 꼴이 말이 아니었다.

일단 휴식을 취해야 했다.

피가 굳을까 급한 건 없었다. 산속으로 들어가기 전, 바로 이 성에서 마지막으로 받은 천선문의 소식이 북궁휘용이 그릇에 담아둔 용혈에 대한 것이었다.

그때까지도 신선하게 유지가 되고 있다고 했다.

용이란 참으로 신비로운 동물이었다.

그랬기에 천선문으로 복귀하는 데는 여유가 있었다. 하루는 푹 쉬었다.

용을 찾아서 잡는 과정은 아무리 북궁휘용이 강하다 할지라도 피곤한 일이었다.

그렇게 이틀을 쉬었을 때, 암투가 북궁휘용에게 말했다.

"소검선의 위치를 찾았다 합니다."

식사를 하던 북궁휘용이 고개를 들었다.

"어디입니까?"

"지금은 사혈궁의 영역에서 이동 중이라고 합니다. 아마 읍성으로 향하는 길인 듯합니다."

그 말에 북궁휘용은 젓가락을 내리고는 식탁을 톡톡 쳤다.

고민을 할 때의 그의 버릇이었다.

"우리가 그리로 향하면 중간쯤에는 만날 수 있을지도 모르겠군요."

"그렇습니다."

암투의 대답에 북궁휘용이 고개를 끄덕였다.

"그렇다면 인사나 나누도록 하지요. 그래도 백리 사숙조의 제자이고, 저는 문주이니까요."

북궁휘용이 슬며시 미소를 지으며 말했다.

그리고 남은 식사에 열중했다.

식사를 마친 후 예정을 바꿔서 움직였다. 조금 더 쉬려 했으나, 북궁휘용이 홍원을 만나기로 하면서 바뀐 것이다.

*　　　*　　　*

땀이 또르르 흘러내리는 날씨다.

작년 이맘때는 와사호에서 폭우를 맞아가며 온갖 일들이 다 있었건만, 읍성으로 향하는 지금은 무덥고 습하기만 하다.

하지만 홍원과 단리유화는 이런 기후에 영향을 받지 않는 경지에 올라 있었다. 곡비연 역시 내공의 힘으로 어느 정도 더위를 누르고 있었다.

이들의 여정에 별다를 것은 없었다.

가끔 주제를 모르는 건달들이 단리유화와 곡비연의 외모를 보고 시비를 거는 정도뿐이었다.

물길로 주변의 풍광을 보며 갔던 때와는 달리, 걸어서 읍성을 향해 천천히 움직이고 있었다.

홍원의 얼굴에는 늘 은은한 미소가 걸려 있었다. 아니, 미소인지 아닌지 구별이 되지 않는 아주 연한 미소라고 할까.

어느 순간부터 그것이 홍원의 평상시 표정이 되었다.

수련을 마무리하겠다는 즈음부터 그랬던 걸로 곡비연은 기억하고 있었다.

어쨌든 곡비연에게 있어서는 한결 더 부드러워진 얼굴이었기에 보기 좋기만 했다.

"이제 얼마나 남았나요?"

곡비연이 물었다. 그녀는 읍성이 초행이었다.

지금 일행은 사혈궁의 동서 경계의 한가운데를 지나고 있는 중이었다.

"아직 보름 이상은 가야 할 것 같군."

성현성에서 읍성까지 거리면 보통 사람 걸음으로 칠 일이다. 이들은 지금 내공까지 사용해 가면서 상당히 빠른 속도로 이동 중이었다.

그렇다고 지나치게 서두르지도 않았다.

그저 여유가 조금 있을 정도로 내공을 사용하며 길을 가고 있었다.

그렇게 또 하루를 보내고, 이른 아침부터 길을 나섰다.

제법 큰 숲길을 걸어가는 와중에 홍원이 우뚝 멈춰 섰다.

"왜 그러시죠, 상공?"

곡비연이 물었다. 단리유화도 고개를 갸웃거리다가 이내 얼굴이 딱딱하게 굳었다.

이곳을 향해 다가오는 두 기척을 느낀 것이다. 상당한 강자였다.

"두 사람이네요."

단리유화의 말에 홍원이 고개를 저었다.

"셋입니다."

그 말에 단리유화는 깜짝 놀랐다. 자신의 기감을 속일 수 있는 고수가 함께 있다는 것 아닌가.

그러나 홍원이 함께 있는 한 큰 위협은 되지 않으리라.

그런 생각에 그녀의 놀랐던 기색은 금세 사라졌다.

잠시 후.

"제법이군."

나무 사이로 묵직한 목소리가 들려왔다. 상대도 이미 홍원 일행을 느끼고 있었다.

아니, 정확히는 홍원 일행을 찾아온 것이다.

그들의 경로를 느낀 홍원은 그것을 알 수 있었다.

젊고 잘생긴 사내 하나와 커다란 자루 세 개를 나눠 지고 있는 중년인 둘이었다.

단리유화는 가만히 세 사람을 살폈다.

그중 둘은 능히 혼자서도 감당할 수 있을 것이란 생각이 들었다. 그러나 가운데 가장 앞서 있는 젊은 사내는 그 깊이를 가늠할 수 없었다.

홍원 말고도 이런 이가 있었다니.

그녀는 살짝 놀랐으나, 내색하지 않았다. 그의 기척을 느끼지 못했을 때 어느 정도 예상하지 않았던가.

"장홍원, 맞나?"

사내는 홍원을 마주 보며 물었다.

"그렇소만, 누구시오?"

"천선문의 문주, 북궁휘용이다."

북궁휘용이 오만한 얼굴로 말했다. 천선문이라는 말에 곡비연이 흠칫 몸을 떨었다.

단리유화는 그 이름 정도만 들은 문파였다.

황제의 검으로 존재하는 문파라는 정도만 알고 있었지만, 하오문의 요직에 있는 이답게 곡비연은 천선문에 대해 좀 더 자세히 알고 있었다.

"역시 하오문의 사람이라 그런지 반응이 빠르군."

북궁휘용이 그런 곡비연의 반응을 읽고는 씨익 웃었다.

"천선문에서 내게 무슨 일이지?"

상대의 정체를 아는 순간 홍원의 말도 짧아졌다. 굳이 존중을 해줄 필요를 느끼지 못한 것이다.

귀향 후 계속해서 얽혀 들었던 곳 아닌가. 사부의 사문일지 몰라도, 현재 자신으로서는 귀찮은 곳이었다.

"사문의 문주를 대하는 태도가 영 아닌걸?"

그 말에 단리화화가 살짝 놀랐다. 홍원이 검선의 제자라는 것은 잘 알려져 있지만, 사실 검선의 사문에 대해서는 아는 사람만 알지 않던가.

곡비연은 이미 알고 있었다는 듯 동요가 없었다.

"사부님의 사문이 곧 내 사문이라 할 수는 없지. 사부께서도 사문에 크게 얽매이지 말라 하셨고."

홍원이 마주 보며 웃었다. 북궁휘용의 이죽거림을 그대로 돌려주는 웃음이었다.

"천선문의 무공을 사용하는 이상, 사문을 부정할 수는 없을 터. 사문의 존장을 대하는 태도가 영 글러먹었군."

북궁휘용의 기세가 은은하게 오르기 시작했다. 그 낌새에 암투와 패검은 곧장 뒤로 멀찍이 물러났다.

이미 북궁휘용과 용의 사투를 직접 목격하지 않았던가.

홍원도 방심하지 않고 내공을 끌어 올렸다. 단리유화가 곡비연의 손을 잡고 천천히 뒤로 물러났다.

이 두 사람이 부딪힌다면 감히 자신이 이곳에 있을 수 없었다.

"나에게 시비를 걸려고 이 먼 길을 찾아온 것인가?"

"뭐, 가벼운 인사 정도를 하러 왔다고 생각하는 게 좋겠군. 사문을 무시하고 중원에서 날뛰고 있는 천둥벌거숭이를 한번 보러 온 것이니까."

북궁휘용의 몸에서 은은한 바람이 몰아쳤다. 그것은 홍원 역시 마찬가지였다.

두 사람은 그렇게 기운을 서서히 뿜어내고 있었다.

"그냥 모르는 척, 서로 각기 알아서 사는 게 좋을 것 같은데?"

그것은 홍원의 진심이었다.

여러 가지 사정으로 얽히긴 했으나, 홍원은 더 이상 무림과 얽히기 싫었다.

이제 조용히 읍성과 향산에서 무공 수련만 하면서 살고픈 마음이었다.

'산의 길에 있던 아버지의 활에 대한 의문만 풀고.'

딱 하나의 일이 남아 있기는 했다.

그러나 그것은 중원이 아닌 향산에서 해결해야 할 일이었다.

스르릉.

그때 북궁휘용이 살룡도를 뽑아 들었다.

"역시 무인의 인사는 이것이지."

살룡도에 붉은 기운이 넘실거리며 강기가 맺혔다.

홍원도 단하를 뽑아 들었다. 붉은 도신에 붉은 강기가 어렸다.

"제법 괜찮은 도로군."

북궁휘용이 단하를 바라보며 말했다. 그 눈에는 작은 탐욕이 어려 있었다.

살룡도도 훌륭한 도였지만, 홍원의 것도 그에 못지않아 보였다.

양손에 각기 도를 들고 휘두르는 자신의 모습이 절로 그려졌다.

천선이 가진 분심의 공능이라면 손쉬운 일이다. 자연스레 북궁휘용의 시선이 여전히 홍원의 허리에 매달린 검으로 향했다.

"일검일도라… 마저 뽑지 않아도 될까?"

홍원은 이미 그의 눈에 어린 탐욕을 읽었다.

"부디 뽑게 해줬으면 좋겠군."

그 대답에 북궁휘용은 고개를 끄덕였다.

"좋아. 아주 마음에 들어. 어디 그 입담만큼 실력도 괜찮은지 보도록 하지."

그 말이 끝나는 순간, 북궁휘용이 땅을 박차고 홍원을 향해 달려들었다.

둘의 대치를 지켜보던 네 사람 중 그 누구도 그런 북궁휘용의 움직임을 읽지 못했다.

오직 홍원만이 반응했다. 아주 자연스럽고도 가볍게 도를 움직였다.

쾅!

강기와 강기가 부딪힌 폭음이 터져 나왔다.

그런 폭음에 두 사람은 아랑곳 않고 도를 휘둘렀다.

홍원은 다리를 쓸어 오는 도를 피해 북궁휘용의 어깨를 노렸
다. 그 순간 북궁휘용은 재빨리 몸을 뒤집는다 싶더니, 어느새
홍원을 향해 도강을 날렸다.

홍원은 단하로 날아온 도강을 쳐내고는 그 반탄력에 아랑곳
않고 곧장 북궁휘용을 향해 달려들었다.

쾅! 쾅! 쾅! 쾅!

쉬지 않고 폭음이 울렸다.

두 사람의 싸움을 네 사람은 넋이 나간 채 지켜보았다.

설마 홍원과 저렇게 맞상대를 할 수 있는 사람이 있을 것이
라고는 상상도 하지 못했다.

'역시 천선문이라는 건가……'

그 모습에 곡비연은 작게 고개를 끄덕였다. 최근 천선문이
아무 움직임이 없었기에 의아하게 생각했는데, 설마 문주라는
자가 저리도 엄청날 줄이야.

'아무리 백리 사숙의 제자라지만… 어떻게……'

암투와 패검 역시 어이가 없기는 마찬가지였다. 그들은 북궁
휘용의 폐관 장소를 지키느라 중원의 소식을 거의 듣지 못했
다.

홍원이 용을 잡았다는 소문은 최근에 북궁휘용과 함께 들었

다. 그러나 북궁휘용이 어떻게 용을 상대하는지 직접 보았기에 당연히 북궁휘용의 상대가 안 될 것이라 생각했다.

그런데 지금 이 모습을 보라.

두 사람은 한 치의 물러섬도 없이 막상막하로 부딪히고 있었다.

"제법이군."

북궁휘용이 빙긋 웃으며 말했다.

"그 말 그대로 돌려주지."

홍원은 북궁휘용과 도를 맞댄 채 말했다. 두 사람은 동시에 힘을 뿜어내며 누가 먼저랄 것도 없이 뒤로 물러났다.

이미 사방의 나무들은 엉망진창으로 망가져 있었다. 둘을 중심으로 거대한 원이 그려져 있었다.

"후."

잠깐 한숨을 내쉰 북궁휘용은 도병에서 손을 놓았다. 살룡도는 여전히 붉은 기운을 아지랑이처럼 피워내는 강기를 머금은 채 북궁휘용의 눈앞에 떠올랐다.

북궁휘용의 두 손이 강기를 머금었다. 그와 동시에 두 눈에도 붉은 기운이 어렸다.

조금 전과는 기세가 달라졌다.

정말로 조금 전은 가벼운 인사였다.

그런 북궁휘용의 양손이 반짝였다. 지금 그가 뿜어내는 붉은 기운과는 다른 무엇이었다.

"흠."

홍원은 그런 북궁휘용을 경시하지 않았다.

어떻게 이런 경지에 올랐는지 궁금할 지경이었다. 자신도 수많은 우연과 운, 그리고 그것들을 아득히 뛰어넘는 필사적인 노력으로 이룬 경지 아니던가.

홍원은 흑운을 마저 뽑았다. 흑운은 백색 강기를 토해냈다.

이번에 먼저 움직인 것은 홍원이었다.

단하를 위에서 아래로 크게 내려쳤다. 살룡도가 이기어검의 묘리로 움직여 단하를 막았다. 그 순간 흑운이 좌에서 우로 빠르게 움직였다.

북궁휘용은 오른손을 움직여 흑운을 쳐냈다.

우도좌검의 홍원의 양팔이 바쁘게 움직였다.

북궁휘용은 살룡도와 양 주먹을 쉼 없이 움직였다.

두 사람은 같은 무공을 사용하고 있었다.

천선.

그랬기에 서로의 투로를 알았고, 그랬기에 더욱 치열하고 박진감 넘치는 결투가 되었다.

채 초식이 제대로 펼쳐지기도 전에 상대가 그 맥을 끊었다. 맥이 끊기기 무섭게 다른 투로로 공격했다.

근본은 같은 무공이되, 둘은 이미 초식을 잊는 경지에 오른 이들.

서서히 둘의 움직임이 변화하기 시작했다.

과연 같은 무공을 사용하는 것이 맞나 싶을 정도로 다른 기세를 뿜어냈다.

당장 모든 것을 파괴하고 부수려는 듯한 북궁휘용의 천선 살룡과 모든 것을 품고 아우르는 홍원의 천선.

두 사람의 결투가 지속됨에 따라 홍원이 조금씩 밀렸다. 이 것은 홍원도 예상치 못한 일이었다.

무유팔절검해와 천선을 적절히 섞어 사용하며 북궁휘용과 맞부딪히는 와중에 그의 투로가 점점 더 신묘해졌다.

홍원은 알지 못하는 투로였다.

천선문의 무공 중 홍원이 알지 못하는 무공은 하나였다.

다른 것들은 사부에게서 대강이나마 들어서 알고 있었다.

사부가 끝끝내 홍원에게 전하지 않았던 무공. 실상은 사부 조차도 알지 못했기에 전하지 못한 무공.

천선의 후반부였다.

"큭큭, 천선 살룡이라는 것이다. 소문주 후보자에게 전해지 는 반쪽짜리 천선으로 감당이 가능할까?"

홍원이 조금씩 주춤거리는 모습에 북궁휘용은 기쁜 듯 웃으 며 말했다.

'내단을 두 개 흡수한 후 찾은 것은 탁월한 결정이었다.'

용을 기준으로 하여 간접적으로 홍원과 자신의 실력을 비교 했을 때 최소 두 개는 흡수해야 한다는 결론과 그것을 실행한 지금의 결과에 북궁휘용은 만족했다.

그의 양손은 더욱 빛나고 있었다. 붉은 살룡의 기운과는 전 혀 다른 기운이었다.

용의 내단이 자리한 기운이다.

어쩐 일인지 용의 내단은 일부만 단전에 흡수되고 나머지는 저렇게 양손에 자리를 잡았다. 그 덕에 더욱 강력한 권강을 만들어낼 수 있었다.

단전의 내공이 양손까지 가는 것과 양손에 자리한 내단의 기운이 날뛰는 것은 차원이 달랐다.

그랬기에 능히 맨손으로 단하와 흑운을 상대로 조금씩 우세를 점하고 있었다.

그때 살룡도가 홍원의 등으로 쏘아져 날아갔다.

쾅!

하나 들려온 폭음은 북궁휘용의 기대와는 다른 것이었다.

허공에 오롯이 강기로만 이루어진 적도강이 살룡도를 막고 있었다.

적도강을 본 북궁휘용의 얼굴에 놀람의 기색이 스쳤다.

아무런 매개체 없이 허공에 강기로 도의 형태를 만들어내다니. 그로서는 생각을 해본 적이 없는 방법이었다.

적도강은 북궁휘용의 살룡도와 어우러져 허공에서 공방을 주고받고 있었다.

물론 홍원과 북궁휘용 역시 치열하게 서로를 향해 공격을 하는 중이다.

적도강과 살룡도는 주인과는 상관없다는 듯 둘이서 치열하게 싸웠다. 홍원과 북궁휘용의 싸움도 점점 더 치열해지고 있었다.

"신기한 방법을 사용하는군. 강기만으로 도를 만들어내다니."

북궁휘용의 말에 홍원의 대꾸하지 않고 묵묵히 검을 휘둘렀다.

무유팔절검해의 움직임을 따라 북궁휘용의 패도적인 권격을 흘려내고, 오른손의 도로 강맹한 일격을 날렸다.

단하 자체의 패도적인 기운이 있었기에, 홍원의 부드러운 천선도 강맹하게 펼쳐졌다.

도와 무공의 기운이 서로 섞여 상승작용을 만들어내며 뻗어나갔다.

북궁휘용은 자신을 향해 날아오는 공격을 강기를 잔뜩 머금은 주먹으로 그대로 후려쳤다.

쾅!

요란한 소리가 다시 한 번 울렸다.

그 충격으로 두 사람은 잠시 거리를 벌렸다.

"후우후우, 과연 괴물답군."

북궁휘용이 깊은 숨을 내쉬며 말했다. 홍원은 그 말에 딱히 답하지 않았다.

하지만 그의 두 눈은 빛나고 있었다.

오랜만이었다.

누군가와 실제로 이렇게 힘을 다해 싸우는 것은 읍성으로 귀향한 후 처음인 듯했다.

그간 홍원이 전력을 다해 싸우고, 때로는 위기에 몰리기도 했던 상대 중 사람은 없었다.

이무기나 용과 싸웠을 때였으니.

'그러고 보니 이렇게 제대로 된 싸움은 처음인 듯하군.'

그랬다.

이전에는 살수 죽림으로서 버거운 상대는 은밀히 암살을 했으니.

그랬기에 즐겁게 검과 도를 휘두르고 있었다.

다짜고짜 나타나서 싸움을 거는 행태에는 화가 난 상태이지만, 순수하게 무공을 사용하는 것에 있어서는 재미를 느끼고 있었다.

그래서 상대의 실력에 맞춰서 서서히 힘을 끌어 올리는 중이다.

잠시 숨을 돌리기 위해 일부러 강 대 강으로 부딪혀 오는 수작에도 기꺼이 어울려 이렇게 마주 보고 서 있었다.

적도강과 살룡도 역시 허공에 대치한 채 그저 둥둥 떠 있다가 각자의 앞으로 움직였다.

북궁휘용은 적도강을 흥미롭게 바라보더니 오른손을 앞으로 내밀었다.

"이렇게 하는 건가?"

그 중얼거림과 함께 그의 손 위로 피처럼 붉은 강기가 솟아올라 서서히 도의 형태를 만들었다.

단 한 번 적도강을 보고 그대로 따라 한 것이다.

"제법이군."

홍원은 그 모습에 담담하게 말했다.

홍원 자신도 교하운의 무공을 보고 따라 한 것이 시작 아니던가. 자신이 할 수 있는 것이면, 다른 사람도 할 수 있을 것이다.

더군다나 완전한 천선을 익힌 천선문의 문주라면야.

더욱 재미있는 싸움이 될 것 같았다.

"이걸 계속 이렇게 유지한다고? 네 녀석, 대체 내공이 얼마나 있다는 거지?"

피와 같은 붉은빛을 띠어, 혈강이라 불러야 할 강기의 도를 보고는 북궁휘용이 눈썹을 꿈틀하며 물었다.

오른손에 단단히 자리해서 아무리 흡수하려 용을 써도 흡수할 수 없던 내단의 기운이 자신이 만든 강기의 도에 빨려 들어가고 있었다.

용의 내단을 녹아날 정도의 내공의 소모가 있는 무공인 것이다.

그 물음에 홍원은 어깨를 으쓱했다.

현재 두 개의 단전이 서로 상호작용하면서 어마어마한 내공을 가지고 있음을 굳이 알릴 이유가 없었다.

"그럼 계속해 볼까?"

용의 내단은 대단했다. 어마어마한 내공이 소모되고 있음에도 그 기운을 모두 가볍게 감당하고 있었다.

살룡도와 혈도강이 홍원을 향해 날아갔다. 북궁휘용의 혈도강은 살룡도와 마찬가지로 아지랑이와 같은 붉은 기운이 넘실거렸다.

홍원의 적도강이 날아갔다.

콰쾅!

세 병기의 부딪음은 커다란 폭음을 만들었다.

홍원은 아무렇지도 않게 백검강까지 만들어 날려 보냈다.

"호오? 두 개가 가능하다고?"

북궁휘용이 흥미롭게 중얼거렸다.

그리고 왼손을 내밀었다. 또 하나의 혈도강이 만들어졌다.

삼 대 이의 대결이었다.

그 모습에 홍원이 피식 웃으며 단하를 날려 보냈다. 그리고 흑운을 오른손에 쥐었다.

허공에서 여섯 개의 병기가 어우러져 갖가지 향연을 펼치며 싸우고 있었다.

암투와 패검, 단리유화와 곡비연은 멍하니 그 모습을 지켜보았다.

어찌 저럴 수가 있을까.

저 둘은 과연 사람일까?

갖가지 생각이 머리를 헤집고 지나갔다.

북궁휘용은 하나의 혈도강을 더 만들까 하다가 고개를 저었다. 더 이상은 무리였다.

내단의 기운이 있기에 유지가 가능했지, 자신의 단전에 있는 내공으로는 하나를 유지하면서 홍원과 싸우기란 불가능했다.

용의 내단을 취한 적이 없는 홍원이 아무렇지도 않게 두 개의 강기를 유지하는 것이 신기해 보였다.

역시 괴물은 괴물이란 말인가.

그때, 홍원이 먼저 짓쳐 들었다.

새하얀 강기를 머금은 묵검이 북궁휘용의 머리로 떨어져 내렸다.

"큭."

강기를 머금은 손으로 막았으나 충격에 찌르르 울렸다.

이번 일 년 간의 수련에서 얻은 가장 큰 성과는 분심의 공능이 자유로워졌다는 것이다.

아직 한계는 다섯까지였다.

분심이란 상당히 어려운 경지다. 할 수 있는 것과 능숙하게 자유자재로 하는 것은 전혀 달랐다.

네 개의 병기가 각기 한 명의 주인이 있는 것처럼 자연스레 마음을 나누는 것은 여간 힘든 것이 아니다. 거기에 자신이 직접 싸워야 하기까지 한다면.

아직 홍원은 하나의 여유가 남아 있었다.

과연 북궁휘용은 어떨까?

그런 의문을 가지고 홍원이 북궁휘용을 바라보았다.

그는 여전히 흑운을 막은 상태였다.

"제법이군. 천선의 후반부도 없이 분심을 이 정도까지 유지하다니."

그 말에 홍원은 답을 얻었다.

'천선의 후반부에 분심을 수월히 하고 도와주는 구결이 있나 보군.'

홍원은 모르는 것.

그러나 상관없었다. 자신은 수련을 통해 후반부 없이도 경지에 올랐으니까.

아니, 그 덕에 자신만의 길을 개척하고 더욱 강해지지 않았던가. 더욱이 지금 북궁휘용의 존재 때문에 홀로 수련과 명상만으로 얻었던 경지를 더욱 갈고닦을 수 있게 되었다.

홍원의 검이 다시 움직였고, 북궁휘용의 주먹이 다시 움직였다. 싸움이 길어질수록 북궁휘용의 두 눈은 점점 더 붉어지더니 아지랑이 같은 기운이 눈에서도 피어올랐다.

"크악!"

가끔은 괴성을 질러가며 주먹을 휘둘렀다.

그러나 더욱 홍원을 상대하기 어려웠다. 두 개의 병기에서 하나의 검으로 병기의 수도 줄었건만 더욱 상대가 어려웠다.

'역시 그래도 검이 편하군.'

병기의 숫자가 강함의 척도는 아니다. 홍원은 오히려 흑운 하나로 싸울 때 더욱 강해졌다.

천선과 무유팔절검해가 적절히 섞여 움직이는 검은 가히 절대적이었다.

북궁휘용이 한 발, 한 발 뒤로 물러서기 시작했다.

검의 폭풍을 감당하지 못하고 있는 것이다.

이기어검의 묘리로 싸우고 있는 병기들의 싸움도 점점 결판이 나고 있었다.

아니, 결과는 나왔다.

일방적인 홍원의 공격을 막기에 급급했다.

아무리 천선 후반부가 분심의 공부라 할지라도, 아직은 미숙한 듯했다.

시간이 갈수록 병기들의 움직임이 어지러워지고 있었다.

"크윽."

북궁휘용이 입술을 깨물었다.

마음에 들지 않지만 패배를 인정해야 했다. 압도적이었다. 지금 자신은 막는 것도 겨우였다.

여기서 상대가 기세를 더 끌어 올린다면 아무것도 못 할 듯했다.

북궁휘용도 이미 알고 있었다. 홍원이 자신에게 맞춰서 싸우고 있음을. 처음에는 미처 몰랐던 사실이다.

비참했다.

'이런 괴물이었다고?'

쉬이 인정할 수 없었다.

과거에는 이 정도가 아니었으니까. 진법에 문제가 생긴 것이 분명하다. 그렇지 않다면 이렇게 어긋날 리가 없었다.

'다음에는 반드시!!!'

속으로 이를 악물고 다짐했다. 아직 용은 일곱 마리 남아 있었다.

그렇게 결심하는 순간 허공의 혈강도가 사라졌다. 그리고 살룡도가 순식간에 날아와 북궁휘용의 손에 잡혔다.

강기가 급속하게 커졌다. 그렇게 거대해진 강기는 홍원의 검을 쳐냈다.

짧은 순간 북궁휘용은 능풍만리행을 펼쳐 거리를 벌렸다.

그러고는 어지러이 도를 휘둘렀다. 도가 움직임에 따라 더욱 강렬한 기운을 머금었다.

홍원은 북궁휘용의 한 수를 보기 위해 굳이 가만히 지켜보았다.

암투와 패검은 그 모습에 전력을 다해 달렸다.

지금 북궁휘용이 무얼 하려는 건지 알았기 때문이다. 저 한 방에 힘없이 나동그라지던 용을 보지 않았던가.

그리고 저것이 떨어 울리던 하늘과 땅을 겪었다.

"인사는 이만하도록 하지. 타핫!"

그리고 살룡도에 어린 붉은 혈강을 홍원을 향해 던졌다. 홍원의 뒤에는 단리유화와 곡비연이 있었다.

북궁휘용은 이 한 수로 홍원을 어떻게 할 수 있다고 생각지 않았다. 그저 자리를 뜨기 위한 시간 벌이용이었다.

그랬기에 능풍만리행으로 움직일 때, 홍원의 일행과 자신 사이에 홍원을 끼워넣지 않았던가.

도의 형태로 날아오는 강기의 위력은 어마어마했다.

몇 개의 강환을 뭉쳐놓은 것만 같은 강렬하고 패도적인 기운을 뿜어내며 날아왔다.

살룡멸천강(殺龍滅天罡).

북궁패명이 천선 살룡 중 굳이 초식의 이름을 따로 남긴 한 수였다.

어느새 적도강과 백검강이 사라졌다.

홍원의 왼손에는 단하가 들려 있었다.

북궁휘용은 이미 살룡멸천강을 던져놓고는 전력을 다해 달리고 있었다. 능풍만리행을 펼친 그는 이미 작은 점으로 화해 있었다.

그를 쫓기 위해 이걸 피할 수는 없었다.

저 공격이 그대로 떨어진다면, 이 주변이 어찌 될지 알 수 없는 노릇이니.

흑운과 단하가 강기를 잔뜩 머금었다.

두 개의 단전이 맹렬히 내공을 주고받으며 증폭시켰다. 어마어마한 내공이 양손을 거쳐 검에 맺혔다.

그리고 홍원의 전신으로 강렬한 강기가 맺혔다.

이 과정이 불과 찰나에 일어난 일이다.

"이곳에서 최대한 멀리 벗어나요!"

그렇게 외친 홍원은 날아오는 강기를 검과 도를 교차하여 맞부딪혔다.

콰콰콰콰콰쾅!!! 콰콰쾅!!!

거대하고도 거대한 폭음이 터지며 사방으로 광풍이 몰아쳤다.

홍원의 말이 떨어지자마자 전력을 다해 경공을 펼치던 두 사람이 그 광풍에 휘말릴 정도였다.

사방으로 파편이 튀고 땅이 울리며 먼지가 자욱이 일었다.

홍원이 있는 곳을 중심으로 거대한 구덩이가 파였다.

작은 연못을 만들어도 될 정도의 규모였다.

그러나 홍원은 멀쩡했다.

아무런 타격을 받지 않은 듯, 옷자락 하나 상한 곳이 없었다. 자욱한 먼지조차도 홍원에게 범접치 못했다.

전신을 뒤덮은 강기 덕분이었다.

홍원은 가만히 앞을 내려다보았다. 예상은 했지만 엄청났다.

"후우, 이 정도란 말이지?"

홍원은 양팔이 살짝 떨리는 것을 보며 중얼거렸다.

자신의 강환의 위력을 이렇게 간접 체험했다.

사실 강환은 준비 시간이 있기에 방금 전과 같은 일대일 대결에서는 사용하기가 조금 불편했다.

사람을 상대로 쓸 일도 없을 거라 여겼다. 용과 싸우며 만들어낸 무공이었으니까.

그래서 조금 전 북궁휘용의 이 한 수도 홍원이 기다려 주지 않았으면 사용치 못했으리라.

"과연 살룡이라 이거로군. 정말 용을 상대하기 위한 무공이라는 건가?"

홍원이 중얼거렸다.

멀리 북궁휘용이 사라진 쪽을 바라보다가 고개를 저었다. 굳이 쫓지 않은 것이다.

아마 다시 만날 일이 있을 것이다. 지금 정도의 수준이라면 문제는 없을 것 같았다.

이 정도 경지에서 단시간에 강해지는 것은 거의 불가능한 일이니, 홍원으로서는 대수롭지 않았다. 다음에 다시 맞붙게 되는 것도 살짝 기대가 되기도 했다. 어떤 재미를 줄 것인가.

　이는 북궁휘용이 어떻게 강해진 것인지를 몰랐기에 내린 판단이었다.

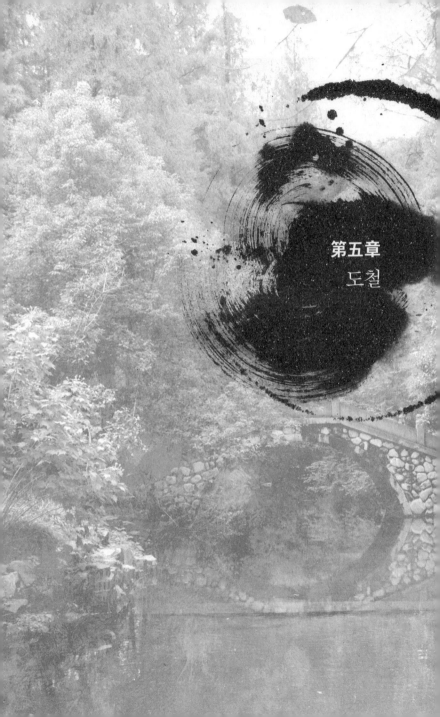

第五章

도철

　거친 바람이 휘몰아쳤다. 뼛속까지 얼릴 극냉의 기운을 가
득 머금은 바람이다.

　북해에서 휘몰아치는 바람을 뚫고 한 남자가 남쪽을 향해
걸음을 옮겼다. 그의 입가에는 오만한 미소가 가득했다.

　선우평이었다.

　그의 기세는 완전히 달라져 있었다. 눈동자에는 깊고도 검
은 어둠이 자리하고 있었다.

　"큭큭, 좋군. 얼마만이지, 이 공기는?"

　목소리도 탁하게 갈라져 있었다.

　"이 몸 마음에 드는군. 좋아. 예상보다 시간도 짧았고 말이
야, 크크크."

뼛속까지 얼리려는 듯한 기세의 바람도 아랑곳 않고 선우평은 기분 좋은 웃음을 지었다. 그의 몸에서는 은은한 검은 기운이 아지랑이처럼 맴돌고 있었다.

"일단 이 몸의 고향으로 가야지."

선우평, 아니, 도철이 중얼거렸다. 선우평의 몸을 차지하면서 그의 기억도 상당수 읽을 수 있었다.

그래서 일단 열사의 사막으로 향했다. 그곳에 선우가의 일족들이 모여 있으니, 그들을 먼저 흡수할 생각이었다.

그다음 행보는 당연히 중원이다.

생각하는 것만으로도 즐거운 듯, 도철은 활짝 웃으며 걸음을 옮겼다.

"하지만 이건 좀 거슬려……."

아무리 차지하려 해도 차지하지 못한 아주 작은 구슬과도 같은 기운.

자신의 기운으로 둘러싸 격리시켜 놓았지만 찜찜하기 그지없었다. 그래서 배출하려 했지만, 배출도 되지 않았다.

인간들이 단전이라 부르는 한 곳에 작게 자리한 그것.

처음에는 선우평이 발악한다 여겨 우습게 여겼지만, 결과는 이런 찜찜함이었다.

하지만 이내 머리에서 지웠다. 그 작은 구슬이 할 수 있는 것은 그야말로 아무것도 없었으니까.

그 구슬에 대한 기억은 흡수하지 못했다. 아니, 선우평도 모르는 듯했다.

마지막 발악에 대한 기억도 없었다. 이것은 흡수하지 못한 것이 맞았다. 그것이 찝찝함의 정체였다.

'경천회라고 했던가?'

다만 경천회에 대한 기억은 얻었다.

그곳에 가면 이 작은 구슬에 대한 실마리를 얻을지도 모르겠다고 생각했다.

시간은 많았다.

힘도 넘쳤다.

천천히 즐기면서 취하면 될 일이다. 그 첫 번째는 선우가의 일족들이다.

도철의 행보는 그야말로 피의 행보였다.

그가 웅크려 있던 빙굴에서 선우 일족의 사막 거주지까지 곧장 일직선으로 향했다.

앞을 무엇이 가로막든 상관이 없었다.

산이 있으면 넘었고, 물이 있으면 건넜다. 깎아지른 벼랑이 있으면 허공을 밟아 건넜다.

그리고.

인간이 있으면…….

"꺄아아아아악!!!"

"사, 살려줘!!!"

"엄마!!!"

지금처럼 온갖 비명이 난무했다.

아주 작은 마을이다.

사막과 북해 사이의 작은 초원 지대 유목민의 마을이다. 이제 곧 다른 곳을 찾아 떠날 준비를 하던 차에, 재앙이 마을에 내렸다.

도철은 그저 빙그레 웃으며 뒷짐을 지고 서 있을 뿐이다.

단지 그의 몸에서 흘러나온 검은 기운이 마을을 헤집었다. 죽이고, 파괴하고, 탐욕을 부렸다.

사람들은 비명을 지르며 도망가려 했지만 누구도 도망가지 못했다.

도철의 미소는 그럴수록 점점 더 진해졌다.

엄청난 식욕으로 무엇이든 먹어치운다.

자신은 일하지 않고 남의 소유물을 빼앗는다.

도철을 표현한 세 문장 중 둘.

그는 먹어치우는 것과 남의 소유물을 빼앗는 것을 굉장히 좋아한다.

그중에서 가장 좋아하는 대상은 바로 생명.

결국 살육을 즐기는 흉수였다.

그의 검은 기운은 사람들의 생명을 빼앗고, 그 생기를 먹어치웠다.

그에게 생기를 먹힌 사람들은 목내이처럼 삐쩍 말라 여기저기 널브러진 채 죽음을 맞았다.

이렇게 지나쳐 온 마을이 몇 개인지 모른다.

그의 두 눈은 희열로 가득했다.

"크하하하! 이게 살아 있다는 거지! 크크크."

그가 마음껏 사용하는 이 암천의 기운.

도철이 본체로 사용했다면 그것은 홍수의 기운이었기에, 그놈들이 득달같이 기운을 느끼고 달려올 것이다.

하지만 지금은 아니다.

선우평의 몸을 빼앗아, 그의 단전을 매개로 암천의 기운으로 사용했기에, 어디까지나 인간의 기운이었다.

그들이 알아차릴 리 없었다.

그들은 인간의 기운이 아무리 강대해도 신경 쓰지 않는 족속들이니까.

그랬기에 더없이 기분이 좋았다.

도철은 마음껏 웃었다.

천 년을 넘어선 대계가 드디어 완성된 것이다.

"마음껏 먹어치워 주마, 크크크. 그리고 다 먹어치운 후! 네놈들도 각오해야 할 거야. 그때처럼 되지는 않을 테니까."

도철은 먼 허공을 바라보며 말했다.

그의 두 눈은 광기와 복수심으로 번들거렸다.

소문은 도철의 발보다 빨랐다.

도철과는 다른 경로를 통해 사막으로 알음알음 퍼져 나갔다. 박살이 난 마을과 목내이처럼 비쩍 말라 죽은 사람들에 관한 소문.

도철은 여전히 뒷짐을 지고 느긋하게 걸었다. 그는 급할 것이 없었다. 그저 보이면 빼앗고 먹어치울 뿐.

그랬기에 소문이 더 빠르게 번진 것이다.

그리고 도철과 그의 소문이 선우가에 도착한 것은 거의 비슷한 시기였다.

정확히는 소문이 아주 조금 더 빨랐다.

선우예극은 수하의 보고에 고개를 갸웃거렸다. 북해와 사막의 경계에 있는 초원에서부터 사막으로 이어지는 기사 때문이었다.

'사람이 목내이처럼 말라비틀어져 죽어 있다니……'

불길함이 느껴졌다.

지난밤의 불길한 천기를 보았기 때문에 더욱 그랬다.

짙은 어둠으로 물든 별.

그 빛을 잃고 있었다. 단, 그 별이 선우가의 별이라는 것이 문제였다.

암천을 완전히 제 것으로 만든 선우평이 선조의 유산을 얻기 위해 떠났으면 더없이 밝게 빛나야 할 별이.

"마황성의 일이 실패하여 가뜩이나 계획이 어그러졌거늘……."

선우예극은 지난해의 일을 떠올리며 중얼거렸다. 설마 구양벽이 그렇게 강할 것이라고는 생각지도 못했다.

개를 삶으려 했으나 실패했다.

대신 그 개는 다른 이에게 처참하게 두드려 맞았다.

소검선 장홍원.

용을 잡은 무인.

"천 년의 숙원을 풀어야 하거늘… 결국은 평이밖에 없겠구나."

이제 믿을 것은 선우평, 단 한 사람이었다.

"대공자께서 돌아오셨습니다!"

그때 밖에서 커다란 소리가 들렸다.

선우예극은 당장에 자리를 박차고 밖으로 나갔다. 그곳에는 사람들에게 둘러싸인 선우평이 있었다.

기세가 완전히 달라져 있었다.

이전의 그 유순하고 바른 아이는 사라졌다. 대신 오만하고 패도적인 아이가 돌아왔다.

입가에 어린 저 오만한 미소는 그야말로 천하를 오시하는 자의 그것이었다.

그랬기에 선우예극은 기뻤다.

자신이 늘 걱정하던 선우평의 성정이 달라졌으니.

'이 또한 선조의 안배란 말인가!'

북해를 다녀온 것뿐인데 이리 변했으니 그렇게 생각할 수밖에 없었다.

"평아, 수고했다."

뿌듯한 얼굴로 선우예극이 선우평을 향해 다가갔다. 선우평의 허리에는 여전히 선우황검이 매달려 있었다.

북해의 안배까지 얻고 돌아왔으니, 이제 진정한 황제는 선우평이었다.

선우예극 자신이 아무리 선우평의 조부라 하나, 그를 손자로 대할 수 있는 것은 오늘이 마지막이리라.

내일부터는 새로운 황제가 될 몸이니.

그렇게 밝은 미래를 그리며 선우평의 지척에 이르렀을 때, 그의 입이 열렸다.

"네놈이 선우예극이로구나. 이 몸의 조부라는."

지금까지 줄곧 아무 말도 없던 선우평의 첫마디였다.

그 말에 정적이 내려앉았다.

몇몇은 잘못 들었나 하는 얼굴로 선우평을 바라보았다. 가장 놀란 이는 당연히 선우예극이었다.

"펴, 평아. 네, 네가 어찌……."

목소리가 떨려 나왔다.

"과연, 이전 암천의 소유자라… 아주 티끌만큼의 기운이 남아 있구나."

선우평에게 암천을 전한 후 찌꺼기처럼 남은 기운이었다. 선우평의 몸을 뒤집어쓴 도철이 선우예극을 향해 손을 뻗었다.

선우예극은 얼빠진 얼굴로 그 모습을 보기만 했다.

그의 가슴에서 검은 아지랑이가 피어올라 손으로 빨려 들어갔다.

"네놈의 몸은 형편없군. 판단 잘했다. 이 몸에 암천을 전해 본좌에게 보냈으니, 크크크."

이어진 선우평의 말.

사람들은 멍한 얼굴로 그런 선우평을 바라보았다.

가장 먼저 정신을 차린 것은 선우예극이었다.

"네, 네놈! 평이가 아니로구나!!!"

그 말에 정신을 차린 이들이 사방에서 검과 도를 뽑아 들었다.

챙! 채채챙!

"과연 그럴까?"

그 말에 도철은 피식 웃으며 기운을 천천히 흘려보냈다. 그 기운을 느낀 선우예극의 두 눈이 거칠게 떨렸다.

이건 분명히 암천의 기운이다.

이제 천하에서 단 한 사람. 선우평만이 지니고 있는 기운이다.

"이, 이게 대체……."

혼란스러운 얼굴이었다.

"나는 도철이라 한다, 큭큭큭."

그 말에 선우예극이 온몸을 부들부들 떨었다. 익히 알고 있는 이름이었기 때문이다.

선우평에게는 말해주지 않았지만, 그것은 자신의 선조가 북명의 기운을 받아온 흉수의 이름 아니던가!

한데 어이해 선우평이 그 이름을 말한단 말인가.

"호오, 네 녀석. 본좌를 알고 있구나."

그런 선우예극의 반응에 도철이 흥미롭다는 듯 말했다.

도철을 둘러싼 사람들은 이게 도대체 무슨 상황인지 알 수 없다는 얼굴이다. 혼돈이 이 자리를 지배하고 있었다.

"어, 어이해. 그 이름을… 평이, 평이는?"

선우예극이 떨리는 소리로 물었다.

"선우평? 여기 있지 않느냐?"

도철이 자신의 가슴을 두드리며 말했다.

"서, 설마……."

선우예극의 말에 도철이 고개를 끄덕였다.

"그렇지. '몸'만 여기에 있지, 크크크."

"아, 아아, 아아아……."

선우예극이 비틀비틀 물러서더니 그 자리에 풀썩 주저앉았다.

깜짝 놀란 사람들이 선우예극에게 달려왔다. 그러나 그는 정신이 없었다.

"아버님! 왜 이러십니까?"

선우강후가 선우예극을 부축하며 물었다.

그러나 그는 그저 눈물을 흘리며 부들부들 떨 뿐이었다.

"평이, 네 이놈!! 이게 대체 무슨 짓이냐!"

선우강후가 분노에 찬 외침을 터뜨렸다.

"아, 이 몸의 아비이던가?"

그런 선우강후를 보며 도철이 조소를 머금었다. 선우강후도 선우평이 어딘가 이상하다는 것을 알았다.

하지만 그는 아직 북명과 흥수의 진실에 대해 몰랐다. 그래서 단지 자신의 아들이 이상하다는 생각만 할 뿐이다.

"당장 무릎 꿇지 못할까!"

다시 한 번 분노에 찬 외침을 터뜨렸다. 도철은 그저 재미있다는 듯 그를 보며 웃고 있었다.

"아, 아아……."

선우예극은 그런 아들도 아랑곳 않고 계속해서 눈물을 흘렸다.

천 년의 세월이 무엇이었단 말인가.

자신의 부친, 조부, 증조부, 고조부⋯⋯.

그 길고긴 세월 동안, 오직 황실의 재건을 위해 암천을 키우고 간직하며 전수했던 그들, 그리고 자신.

모두 흉수에게 농락당한 것이다.

그랬다.

"끝났다. 다 끝났어⋯⋯."

울음 섞인 말이다.

"아, 아버님!"

그 말에 선우강후가 깜짝 놀랐다.

"저자는 평이가 아니다. 평이가 아니야."

"그게 무슨 말씀이십니까?"

"평이의 껍질을 뒤집어쓴 괴물이다. 흉수야, 흉수 도철!"

마지막 말은 발악과도 같았다.

선우강후의 암천의 전승자가 아니었기에 흉수의 존재를 몰랐다.

다만 중원의 사흉에 대한 전설을 알고 있었다. 하지만 말 그대로 전설 아니던가.

혼돈, 도올, 궁기, 도철.

그 이름이 왜 지금 나온단 말인가.

"흉수 도철이라니요?"

그랬기에 그렇게 물을 수밖에 없었다.

선우예극은 그런 아들의 손을 물리고 비틀거리며 몸을 일으켰다. 도철을 마주 보고 선 그의 두 눈은 두려움에 떨렸다.

'목내이, 그리고 그 검은 기운.'

이제야 그 불길함의 정체를 알았다. 그것은 지금 자신의 눈앞에 있었다.

어이해 목내이들이 생긴 것인지 알 수 없었다. 하지만 눈앞에 있는 도철의 소행이라는 것만은 분명했다.

"수많은 유목민들의 마을에 생긴 참사는 네가 행한 것이더냐?"

선우예극은 두려움을 억지로 억누르고 물었다.

"참사? 큭큭. 나에게는 아주 좋은 유희일 뿐이다."

도철은 빙긋 웃었다.

그 모습에 선우예극은 자신의 아들인 선우강후를 뒤로 물렸다. 그리고 황검을 대신해 가지고 있던 자신의 검을 뽑아 들었다.

"나, 선우예극이 명한다! 지금부터 선우 일족은 전력을 다하여 이곳에서 도주하라!"

내공을 가득 실은 커다란 외침이었다.

"아, 아버님!"

갑작스러운 선우예극의 명령에 선우강후가 당황해서 외쳤다.

"지금 눈앞에 있는 놈은 평이가 아니다. 이미 저 괴물에게 모두 먹히고 그저 육신만 남았을 뿐이다. 너도 어서 가거라. 희생은 나 하나로 족하다."

선우예극의 얼굴에는 죽음을 택한 자의 결연함이 가득했다.

"어, 어찌……."

선우강후는 이 갑작스러운 상황을 어찌 받아들여야 할지 몰랐다.

"저놈은 전설의 사흉수 중 하나, 도철이다. 내가 어떻게든 이곳에서 시간을 끌어볼 테니 어서 도망가거라."

도철은 여전히 빙긋 웃으며 그가 하는 양을 지켜만 보았다.

선우예극이 다시 한 번 크게 외치자 사람들은 주춤주춤 물러서더니, 이윽고 달리기 시작했다.

하지만 선우강후만은 아무런 움직임도 없이 그저 혼란스러운 얼굴로 있을 뿐이다. 선우예극으로서는 더 이상 아들을 재촉할 수 없었다.

도철의 기운이 변했기 때문이다.

그의 몸 주위로 검은 기운이 서서히 스며 나왔다. 그와 동시에 그의 두 눈이 까맣게 물들었다. 흰자위라고는 하나도 없는, 오롯이 암흑밖에 없는 눈이었다.

"큭큭, 그렇지. 사흉수 중 하나, 도철이 바로 나지. 그리고 너희에게 힘을 나눠준 존재이고."

흉수가 자신들에게 힘을 나눠줬다니 무슨 말이란 말인가.

[천 년의 대계는 모두 물거품이 되었다. 헛된 망상이었던 게야. 황실의 복원 따위 잊어버리고, 어떻게든 도망쳐서 살아남아라. 그리고 네 하고 싶은 것을 하면서 살거라. 선우 황실이라는 헛된 망령에 사로잡히지 말고. 그것은 나까지로 족하다.]

도철이 모습을 드러낸 순간 모든 것이 잘못된 것임을 깨달은 선우예극의 전음이었다.

그는 자신의 검에 내공을 한껏 불어넣었다.

검은빛을 띠는 검강이 솟아올랐다. 선우 황실 무공의 근간이 되는 북명의 기운은 결국 도철이 그 근원이었다.

그랬기에 검강 역시 도철의 기운과 같은 검은빛이었다.

"타핫!"

커다란 외침과 함께 선우예극은 도철에게 달려들었다. 그의 검은 북명패황검의 초식대로 움직이며 도철에게 날아갔다.

검은 기운은 형체를 이루더니 선우예극의 검을 막았다.

마치 검은 철벽과도 같았다. 선우예극이 아무리 전력을 다해 북명패황검을 펼치더라도 모두 막혔다.

선우 황실 최강의 절기인 북명패황검이 너무나도 허무하게 막히고 있었다.

선우강후는 그 모습을 믿을 수 없었다.

[뭣 하고 있느냐! 어서 가거라!]

전력을 다해 도철을 공격하는 와중에 아들에게 날린 전음.

선우강후는 필사적인 아버지의 모습을 보았다. 그리고 그리 필사적인 이유도 알 수 있었다.

자신을 희생하여 다른 모두를 살리기 위한 절실함이었다.

계속 남아 있을 수는 없었다. 두 눈이 붉게 변한 선우강후는 땅을 박찼다. 그리고 전력을 다해 경공을 펼쳤다.

지금 자신이 본 아버지의 뒷모습이 아마도 마지막 모습이리라.

눈물방울이 얼굴을 타고 흘렀다. 그럼에도 그가 할 수 있는 건 아버지의 유언과도 같은 명령대로 전력을 다해 도망가는 것이다.

이렇게 선우 황실은 사라지는 것이다.

사람들에게서는 천 년 전에 잊힌 가문이지만, 자신들만은 그 천 년을 자부심과 복수심으로 버텨왔다.

그 가문이 이제는 완전히 사라진다.

선우 황실을 잊으라는 아버지의 마지막 말씀이 그것을 의미했다.

"너의 힘의 근원은 나다. 그런데 어찌 근원에 타격을 줄 수 있을까?"

도철은 도망치는 이들은 아랑곳 않고 선우예극에게 말했다.

그러나 선우예극은 그의 말을 듣지 못했다는 듯, 이를 악물고 북명패황검의 모든 초식을 쏟아부었다.

강기가 날아가고, 검기가 흘러넘쳤다.

전력을 다한 공격이었기에, 사방으로 먼지바람이 날렸다.

그럼에도 저 검은 방벽은 꿈쩍도 하지 않았다.

"네가 북명이라 부르는 것은 내 기운의 아주 일부일 뿐이지."

도철이 손을 들었다. 손끝에서 검은 기운이 실처럼 줄기줄기 뿜어져 나왔다.

그 기운은 곧장 선우예극에게로 날아가 그를 꽁꽁 묶었다.

"크윽."

너무나 허무했다.

떨쳐낼 수도 없었고, 피할 수도 없었다.

"나에게서 비롯된 기운이니, 다시 가지고 오는 것도 아주 쉬운 일이지."

그 말과 함께 선우예극은 전신의 모든 기운이 사라지는 듯한 허탈한 느낌을 받았다.

'이, 이것 때문에…….'

그는 알 수 있었다. 수없이 많은 목내이가 어떻게 생긴 것인지를.

모두 도철에게 기운과 생기를 빨린 것이다.

자신의 기운도 대해로 흘러드는 강물같이 순식간에 빠져나갔다. 그의 말대로인지도 몰랐다. 그의 기운에서 비롯되었기에, 빠져나가는 것도 순식간이었다.

선우예극의 몸이 서서히 말라갔다.

그리고 그의 두 눈이 빛을 잃었다. 너무나 허망했다.

이런 최후를 맞이하려고 그리 발악과도 같은 삶을 살았던가.

"좋군. 다른 것들이랑은 맛이 달라, 후후."

자신에게서 비롯된 기운이 천 년이 넘는 세월을 거쳐 돌아왔기 때문일까.

그 느낌이 다른 인간들의 그것과는 달리 각별했다.

"그럼 나머지도 모두 가지고 와야지."

도철의 몸에서 검은 기운의 실이 사방으로 뻗어나갔다. 이미 도망간 이들이 어디로 가고 있는지는 모두 알고 있었다.

선우예극이 붙잡아둔 시간은 아주 짧았다.

도철의 기운의 실을 피할 만큼 멀리 도주한 이는 선우강후가 유일했다. 가장 늦게 출발하였으나, 가장 빨랐다.

각자 임무를 가지고 본거지를 떠나 있던 이들을 제외하고는 선우강후가 유일한 생존자였다.

사막 곳곳에 목내이로 화한 선우 일족들이 풀썩풀썩 쓰러졌다.

사방으로 뻗어나간 수백 개의 기운의 실을 모두 회수했을 때, 도철의 얼굴에는 만족스러운 미소가 가득했다.

"역시 좋군."

그렇게 선우 황실은 멸망했다.

누구도 알아주지 않는 재앙을 맞아 조용히, 그러나 처참하게 사라졌다.

"어찌할까?"

선우강후가 사라진 방향을 바라보며 도철이 중얼거렸다. 잠시 고민하던 그는 뒷짐을 지고는 천천히 걸음을 옮겼다.

그는 게을렀다.

탐욕스러운 만큼 게을렀기에, 굳이 선우강후를 쫓지 않았다. 이 천하를 모두 먹어치울 생각이었기에, 지금이 아니더라도 언젠가는 처리하게 되리라는 생각이었다.

"이쪽으로 쭉 가면 중원이겠지? 얼마만의 중원인지, 큭큭."

걸음을 옮기며 도철이 중얼거렸다.

선우평의 기억에서 찾은 선우가. 그곳에서 자신이 남긴 기운의 조각을 모두 흡수한 도철의 걸음은 거침없었다.

아주 잠깐, 찰나의 순간 인간들이 단전이라 부르는 부위가 욱신거렸다.

너무나도 짧은 순간에 느껴진 미세한 감각이었기에 고개를 갸웃거린 도철은 그 감각을 무시하고는 걸음을 옮겼다.

방향은 이미 중원 쪽으로 틀어져 있었다. 이곳에 올 때와 마찬가지로 곧장 걸을 뿐이다.

걸리는 것은 모두 치워 버리면 그만이다.

그렇게 도철이 중원으로 향했다.

홍원이 막 북궁휘용을 놓쳤던, 그즈음이었다.

산인은 오랜만에 초옥을 나섰다.

생필품이 거의 다 떨어졌기에, 새로 구하러 길을 나선 것이다. 그가 아무리 북면 산의 길에서 홀로 유유자적하게 산다고는 하나, 모든 것을 혼자서 해결할 수는 없었다.

그도 인간인 이상 필요한 물품들이 있었고, 그것은 마을에 가서 구해야 했다.

산인은 주로 해미성을 찾았다. 읍성도 먼 거리는 아니었지만, 작았다.

사람이 많은 큰 성인 해미성이 아무런 흔적 없이 사람들 사이에 스며들기 좋았다. 산의 길을 성큼성큼 걸어서 북면을 지나, 해미성에 도착해서는 훌쩍 성벽을 넘었다.

이른 새벽, 그의 움직임을 눈치채는 이는 아무도 없었다.

아직 시간이 일렀기에 산인은 객잔으로 향했다. 하루 열두 시진 내내 문을 열어두는 객잔이 몇 군데 있었다.

그곳에서 간단히 요기를 하며 시간이 가기를 기다렸다.

작은 술 한 병 반주는 오랜만의 호사였다.

"사람 사이에 있는 것도 때로는 좋구나."

쓴 술 한 잔을 목구멍을 넘긴 후 중얼거렸다. 시간이 지날수록 곳곳에 활력이 넘쳤다.

하루 일과를 시작하는 사람들이 곳곳을 채우기 시작했다. 거리도 많은 사람들로 채워졌고, 여기저기 시끄러운 소음이 일기 시작했다.

산인은 그즈음 자리에서 일어났다.

그리고 저잣거리로 나섰다. 입을 옷이 모두 떨어졌기에 적당한 옷과 식기, 그리고 몇몇 도구들을 살 예정이었다.

"그러고 보니 쌀도 떨어졌군."

사야 할 물품에 쌀도 추가되었다.

그렇게 하나둘 상점을 들러 적당히 흥정도 하고, 물건도 구입하니 시간이 금세 흘렀다.

"어르신, 아주 오랜만에 오셨습니다."

"기억해 주니 고맙군그래."

개중에는 산인을 기억하는 이도 있었다. 그래도 상관없었다. 큰 성이고 사람이 많았기에, 산인은 그 상인에게 수많은 이들 중 하나일 뿐이었다.

낯선 이나 외부인이 들어오면 주막을 통해 순식간에 소문이 퍼지는 읍성과는 달랐다.

그렇게 점심 무렵 모든 볼일을 마친 산인은 점심 요기를 위해 다른 객잔에 들렀다.

거대한 등짐은 옆에 잠시 내려뒀다.

적당한 식사를 주문하고 차를 마시며 기다리고 있는데 사방의 소음을 뚫고 들려오는 대화가 있었다.

"자네, 그 소문 들었나?"

"뭘 말인가?"

"이번에 천화국에서 사막을 통해 돌아온 상단에서 끔찍한 것을 봤다는군."

"응? 그게 무슨 소리야?"

상인으로 보이는 두 사람의 대화였다.

"마을 하나가 사람이 모두 죽어 있었다네. 상행에서 늘 중간에 쉬어가는 마을이었는데, 산 사람이 하나도 없었다더군."

동료의 말에 상인은 깜짝 놀랐다. 어찌 그런 일이 있을 수 있단 말인가.

"더군다나 죽은 사람들이 모두 목내이가 돼서는 비쩍 말라 있었다는 거야. 마른 장작처럼."

이어진 말에 상인은 몸서리를 쳤다. 듣기만 해도 끔찍했다.

"허어……."

"아무튼 사막에서 뭔가 심상치 않은 일이 벌어질 모양이야. 그래서 천화국으로 향하는 상단이 부쩍 줄었어."

"저런. 천화국 물건들이 향신료 말고는 많이 오르겠군."

향신료는 서희 상단이 향산을 통해 무역을 하고 있기에 오를 일이 없었다. 다만 다른 물품은 달랐다.

서희 상단은 오직 향신료만 취급했다.

남면을 통한 상로는 수많은 물품을 운송하기에는 좋지 못했기에 오직 향신료만 취급하는 것이다.

"그렇지. 유리공예품이나 양탄자 같은 것들은……."

두 사람의 대화가 산인의 신경을 묘하게 긁었다.

'목내이라…….'

그것이 걸렸다.

한 마을의 사람이 모두 목내이가 되어버렸다.

흉사라면 흉사고, 기사라면 기사다.

그때, 산인이 주문한 음식이 나왔다. 젓가락을 들고 만두와 소면을 입으로 가져가면서도 신경이 쓰였다.

음식의 맛을 느끼지도 못할 정도였다.

무언가 걸리는 것이 있었기 때문이다. 생각이 날 듯 말 듯 간질간질했다. 그랬기에 음식을 입으로 먹는지, 코로 먹는지도 모를 지경이었다.

"아!"

소면과 만두가 모두 사라져 갈 때쯤, 산인이 탄성을 질렀다.

당시 무척이나 불안해했으면서도 벌써 잊어버리다니.

짧지 않은 시간 전에 산록과 함께 있을 때 느낀 마기를 떠올렸다. 아주 먼 곳에서 찰나지간 느껴졌다가 사라진 기운.

"분명 그 기운이 북쪽에서……."

사막도 넘어선 더욱 먼 북쪽에게서 찰나간 나타났던 순수한 어둠의 마기 조각이었다.

"흐음……."

그 사실을 떠올린 산인이 침음을 삼켰다. 어이해야 한단 말인가.

식사를 마치고서도 산인은 그 자리에 가만히 앉아 있었다.

고민은 길었다.

그럴 수밖에 없었다. 산인이 움직일 수 있는 곳은 고작해야 해미성이나 읍성까지다. 그 이상 나가는 것은 망설여졌다.

정말로 큰일이 있을 때에만 나갈 수 있었다.

찰나간의 그 느낌을 믿고 움직여야 할까?

"일단은 의논을 해봐야겠어."

산인은 생각을 마치고는 자리에서 일어났다. 그리고 바람같이 사라졌다.

계속해서 드는 불길한 예감에 빠르게 움직인 것이다. 해미성에 수많은 무림인들이 모여 있었지만, 그 누구도 산인의 움직임을 눈치채지 못했다.

초옥으로 돌아온 산인은 챙겨온 짐들은 대강 던져두고는 다시금 움직였다. 그러고는 산의 길을 통해 빠르게 달렸다.

그가 향하는 곳은 향산의 중심이 있는 곳이었다.

*   *   *

홍원은 북궁휘용과의 부딪힘 이후로는 순조로운 여정을 보냈다. 그랬기에 금세 읍성을 눈앞에 둘 수 있었다.

그래도 한 달에 가까운 시간이 걸렸다. 구태여 경공을 사용하지 않았기 때문이다.

"어~ 드디어 돌아온 거냐?"

동문 앞에 이르니 진구가 손을 흔들며 반겼다. 언제 봐도 기분 좋은 친구다.

신기하게도 읍성으로 귀향할 때면 늘 가장 먼저 맞아주는 사람이 진구였다. 아무리 성문 수문병이라 해도, 이렇게 매번 진구의 근무 시간인 걸까?

그러나 이내 홍원과 함께 온 여인들을 확인한 진구의 얼굴이 딱딱하게 굳었다.

단리유화는 말할 것도 없고, 곡비연의 미모는 그야말로 눈부셨다. 화사하게 피어난 미인 아니던가.

진구는 홍원에게 다가와 팔꿈치로 툭 치고는 귓속말을 건넸다.

"재주 좋다, 너 이 자식."

홍원은 그 말에 피식 웃었다. 단리유화를 바라보는 진구의 복잡한 눈빛도 이미 알아차린 터다.

이전이라면 알아차리지 못했을지도 몰랐다.

그러나 최근 홍원도 남녀 간의 묘한 기류를 직접 겪고 있던 차였기에 알아차린 것이다.

구태여 긴말 할 것 없었다. 그저 모른 척할 뿐이다.

"흰소리는."

이렇게 대수롭지 않게 넘기는 것이 진구에게 해줄 수 있는 유일한 일이었다.

"그보다 별일 없지?"

홍원의 물음에 진구는 그제야 생각났다는 듯 눈을 크게 떴다.

"별일이 없기는! 홍산이 녀석 큰일 날 뻔했다고!"

동면에서 하루 동안 실종됐던 일을 말하는 것이었다. 홍원
역시 마음에 걸렸던 일이기도 했다.

"아, 소식을 듣긴 들었다."

"그러면 냉큼 돌아와야지. 형이라는 녀석이."

"그렇게 됐다."

진구의 핀잔에 홍원은 쓴웃음을 지었다. 순수하게 걱정이
되어 한 말이라는 것을 너무나 잘 알았다.

"그럼 어서 집에 가봐야겠다."

홍원의 말에 진구는 고개를 끄덕였다.

"그래. 어서 가봐. 그리고 저녁에 한잔, 알지?"

홍원은 고개를 끄덕이고 성문을 지나쳤다. 그 뒤로 단리유화
와 곡비연이 따랐다.

읍성은 변함이 없었다.

집으로 들어서니 어머니가 기쁜 얼굴로 맞으셨다. 그리고 홍
원의 뒤에 있는 두 여인을 보고는 은근한 웃음까지 지으셨다.

"산이는 괜찮습니까?"

홍원의 물음에 어머니는 고개를 끄덕였다.

"그래. 며칠 좀 충격을 받은 듯했는데, 금세 기운을 차렸다."

더위가 한창인 때다.

어머니는 빙고에서 꺼내 온 시원한 물을 세 사람 앞에 내놓
았다.

폐부까지 씻어주는 시원함이 온몸을 적시는 듯했다.

"산이는 지금 어디 있습니까?"

집 안에 없는 것은 이미 확인했다.

"요즘 아버지 묘에 자주 가더구나."

어머니의 대답에 홍원이 몸을 일으켰다. 일단 산이부터 만나야 할 것 같았다.

두 여인도 함께 일어났다. 그러나 홍원을 따르지는 않았다. 당분간 머무를 곳을 알아보러 나선 것이다.

단리유화가 본디 머물던 곳이 있으니 어렵지 않을 것이다.

홍원은 서문을 나가 천천히 걸었다.

기감을 넓혀보니 과연 홍산은 아버지의 묘에 있었다. 아마도 책을 읽고 있는 것 같았다.

오래지 않아 묘소에 도착했다.

"형님!"

홍원을 발견한 홍산이 큰 소리로 외쳤다. 곁에는 묵린이 있었다.

그날 이후 묵린은 홍해보다는 홍산의 곁을 더 많이 지켰다. 성을 나설 때면 항상 함께했다.

"큰일을 겪었다는 소식은 들었다. 곁에 있어주지 못해서 미안하구나."

홍원이 홍산의 머리를 쓰다듬으며 말했다. 홍산은 그사이 부쩍 성장해 있었다.

이제 곧 홍원과 눈높이를 나란히 할지도 몰랐다.

"아니에요. 묵린이 저 찾으러 와줬는걸요."

홍산은 믿음직한 눈으로 묵린을 바라보았다.

"그래, 다행이구나. 이제 그만 집으로 가자꾸나."

홍원의 말에 홍산이 고개를 끄덕였다. 이미 늦은 오후다. 해가 긴 여름이지만 서서히 노을이 지고 있었다.

두 사람이 집으로 돌아오니, 어느새 홍해가 학관에서 돌아와 곡비연과 재미나게 놀고 있었다.

곡비연은 그녀다운 친화력으로 홍해와 금세 친해져 있었다.

'응? 벌써?'

그 모습에 홍원은 살짝 놀랐다. 집을 구하는 일인지라 시간이 걸릴 것으로 생각했기 때문이다. 아마도 오늘은 객잔에 있을 것이라 생각했는데 집에 와 있으니 그런 것이다.

"아, 상공!"

홍원을 발견하고 곡비연이 반갑게 외쳤다.

그리고 그 외침에 일순 집 안에 정적이 내려앉았다. 홍산이 새삼스러운 눈으로 홍원을 바라보았고, 어머니의 얼굴에는 미소가 만면했다. 홍해는 입을 뻐끔거리며 홍원과 곡비연 두 사람을 번갈아가며 바라보았다.

그럴 수밖에 없었다.

상공이란 호칭은 남녀 간에는 아주 특별한 호칭이다.

결혼을 할 예정이거나, 결혼을 한 연인에게 부르는 호칭 아니던가.

그러니 가족들의 반응이 이럴 수밖에.

단리유화는 그 모습에 작은 한숨을 내쉬며 고개를 저었다.

홍원은 새삼 당황한 얼굴이었다. 그렇게 당황한 모습은 처음이었던지라, 단리유화와 곡비연은 이내 소리 내 웃을 수밖에 없었다.

"킥."

언제 한숨을 내쉬었느냐는 듯한 단리유화였다. 그녀로서는 그럴 수밖에 없었다.

중원 제일 살수 죽림의 이런 모습은 정말로 상상도 못 했으니까.

"어떻게 된 게냐?"

어머니가 웃음 가득한 얼굴로 물으셨다. 그럴 수밖에 없었다. 나이가 찰 대로 찬 아들이었으니까.

오후에 함께 온 두 여인을 보노라니 그렇게 기분이 좋더니, 아마 이런 일을 예감해서일 게다.

곡비연은 그제야 자신의 실수를 자각했다.

그간 해온 대로 습관적으로 튀어나온 호칭이지만, 가족들과 함께할 때는 조심해야 했다.

아직 홍원의 마음이 어떤지 모르지 않던가.

얼굴이 새빨개진 곡비연은 고개를 푹 숙였다. 사실 이 상황이 그렇게 싫은 것만은 아니었다.

홍원은 그 모습에 고개를 저었다. 그리고 깊은 한숨을 내쉬었다.

"후우."

어머니는 여전히 웃음을 머금은 채 홍원을 바라보고 있었다.

"큰 의미는 없습니다. 곡 소저는 공자라는 호칭 대신 상공이란 호칭을 습관적으로 사용할 뿐입니다."

짧은 해명이다.

곡비연은 누구도 모르게 작은 한숨을 내쉬었다.

물론 해명이 되지 않았다. 홍원이 그렇다 하니 다들 넘어갈 뿐이다.

더군다나 어머니는 곡비연의 그 작은 한숨을 놓치지 않았다.

"그런 거니? 어서 식사하자꾸나."

곡비연과 단리유화가 이곳에 온 것도 어머니가 찾아서였다. 아들과 함께 온 손님인데 직접 한 끼 대접하고 싶다는 이유에서였다.

그리고 의외의 사실을 알게 되었기에 기분은 더욱 좋았다.

식사를 하러 자리를 옮기는 때에 어머니가 곡비연에게 슬쩍 다가가 낮게 말했다.

"저런 녀석이지만, 어떻게든 휘어잡아 봐요."

그러고는 아무 일 없었다는 듯 걸음을 옮기셨다. 그 행동에 곡비연은 남모를 웃음을 지었다.

홍원보다 그 가족에 먼저 인정을 받은 듯한 느낌이었다.

홍해와 홍산의 분위기도 그랬다.

애써 아니라 했지만 전혀 믿지 않는 분위기였다. 함께 식사를 하며 그 분위기에 남모를 한숨을 내쉬는 것은 단리유화였다.

자신은 왜 좀 더 적극적이지 못했나 하는 후회였다.

저녁 식사가 끝나고 두 여인은 묵고 있는 객잔으로 향했다.

경천회에서 도와주기로 해, 거처는 금세 마련할 것 같았다.

한편 그렇게 큰일을 치르고 방에서 쉬고 있자니, 진구와 종현이 찾아왔다.

홍원이 방에서 나오는 그 잠깐 사이에 홍해가 진구와 종현에게 쪼르르 달려가 오늘 있었던 일을 이야기하고 있었다.

저러지 않았던 거 같은데, 집을 비운 사이 많이 달라져 있었다. 더 활발해져서 좋다면 좋은 일인데 무언가 여동생에게 뒤통수를 맞은 듯한 느낌도 들었다.

세 사람은 주막으로 향했다.

무더운 여름밤에 밤하늘을 보며 마시는 탁주는 묘한 운치가 있었다.

밤이 되어도 여전히 더운 기운이 남아 있었다. 그나마 향산에서 불어오는 산바람이 더위를 식혀주고 있었다.

빙고에서 꺼내 온 탁주는 가슴 속까지 시릴 정도로 차가웠다.

"뭐야? 어떻게 된 거야?"

탁주 한 사발을 들이켠 후 진구의 추궁이 시작되었다. 종현도 재미나다는 얼굴로 홍원을 바라보고 있었다.

"아무것도 아니다."

"그 곡 소저라는 사람이 너보고 상공이라고 부른다며? 그럼 단리 소저는?"

진구가 추궁하듯 물었다.

"그냥 습관적으로 부르는 호칭이라니까 그러네."

이미 이리로 오면서 짧게나마 해명을 한 터다.

"그럼 나도 그 곡 소저랑 친해지면 나보고 추 상공이라 부르는 거냐?"

핵심을 집는 물음이다.

그 물음에 홍원은 쉽게 대답하지 못하고 어버버거렸다.

사실 곡비연은 홍원을 유혹하겠다는 목표로 접근하여, 그를 상공이라 부른 것 아니던가.

진구가 그런 홍원의 모습을 눈을 가늘게 뜨고 바라보았다.

"난봉꾼 자식."

그렇게 한마디 내뱉고는 탁주를 꿀꺽꿀꺽 삼켰다. 뜨거운 속을 식힐 차가운 탁주가 간절한 진구였다.

'미치겠네⋯⋯.'

모든 사실을 밝힐 수 없는 홍원으로서는 미치고 팔짝 뛸 노릇이었지만, 할 수 있는 말이 없었다.

종현은 그저 재미있다는 듯 두 사람의 모습을 웃으며 보고만 있었다.

홍원으로서는 그런 종현이 더욱 미웠다.

급하게 탁주를 들이켜던 진구는 결국 술을 이기지 못하고 먼저 들어갔다.

그렇게 홍원과 종현 둘만 남아 술잔을 기울였다.

"그렇게 재미있냐?"

홍원의 말에 가시가 돋쳐 있었다.

"너무 그러지 마. 진구 녀석 마음 정리하느라 힘들었다."

단리유화에 대한 마음이리라.

"쩝."

그 말에는 홍원도 할 말이 없었다. 하지만 한편으로는 억울하기도 했다.

얼마 전부터 단리유화, 곡비연과 묘한 기류가 흐르고는 있지만 아직 확실한 것은 아니었다. 그런데 벌써부터 이런 취급이라니.

그래도 할 말이 없는 것 또한 사실이기에 그저 입맛만 다실 뿐이다.

"그보다, 목이문에서 나한테 연락이 왔어."

"응?"

"네가 부탁한 사람에게 문제가 생겨서 한번 방문해 줬으면 한다고 하더라."

홍원은 그 말에 고개를 갸웃거렸다.

자신이 부탁한 사람이라니.

'아, 은월!'

홍원은 맡겨놓고 잊고 있었던 사람을 떠올렸다. 그를 신경 쓰기에는 너무 많은 일들이 있었다.

"흐음, 한번 가봐야겠네. 그런데 목이문하고는 계속 괜찮아?"

홍원의 물음에 종현이 피식 웃었다.

"그럼. 네 덕분에 아주 잘 지내고 있다."

그럴 수밖에 없기도 했다.

"그보다 요즘 다른 상단에서 묘한 소문이 들려."

"소문?"

종현의 말에 홍원이 되물었다.

"그래. 주로 사막 쪽을 다니는 상단인데… 마을들이 사라지고 있다네."

"마을이 사라져?"

알 수 없는 말이다.

"그래. 모든 마을 사람들이 목내이처럼 말라 죽은 상태란다. 살아 있는 사람이 하나도 없으니 마을이 사라졌다고 해야지."

그 말에 홍원이 멈칫했다.

그냥 듣기에도 불길한 기운이 가득한 흉사였다.

"끔찍한 일이군."

홍원의 말에 종현이 묵묵히 술잔을 기울였다.

"이런 소문이 들린 지는 조금 됐는데, 최근 좀 심각하다는 생각이 들어서."

"최근?"

"그래. 그렇게 황폐화된 마을의 위치가 점점 남쪽으로 내려오고 있다."

그 말에 절로 안색이 굳었다.

점점 남쪽으로 내려오고 있다면 사막만의 문제가 아니었다.

"그 일이 중원에서도 생길지도 모른다는 이야기로군."

종현이 고개를 끄덕였다.

"상단들이 발견한 위치들을 내 나름대로 분석해 봤는데, 북해에서부터 일직선으로 남하하다가 어느 기점으로 방향을 살짝 꺾었어. 그리고 다시 일직선."

"일직선이라… 그런데 용케도 상단들이 그런 마을들을 발견했군."

"발견된 곳들 대부분이 상단들이 보급을 위해 쉬어가던 마을이거든. 유목민들이라도 그들이 떠도는 장소는 어느 정도 한정되어 있고."

종현의 설명에 홍원은 수긍했다.

넓고 넓은 북해 땅과 사막을 오가며 상행을 하려면 그런 거점은 반드시 필요하리라.

"일직선으로 곧장이면, 중원에 도달했을 때의 방향은 어디야?"

홍원의 물음에 종현은 술을 한 잔 털어넣은 후 말했다.

"뻔하지. 중원의 북서쪽인데. 꺾어봐야 가장 먼저 도착하는 곳은 숭무련의 영역이지. 어쩌면 이미 숭무련의 영역 안에서도 그런 흉사가 벌어지고 있을지도 모를 일이고."

홍원의 얼굴이 딱딱하게 굳었다.

심상치 않은 일이다.

만약 종현의 말대로 그 흉사가 계속해서 남하한다면 숭무련 다음은 사혈궁이다. 그리고 사혈궁의 영역으로 퍼져간다면 읍성까지 그 피해가 올지도 모를 일이다.

너무 멀리 생각한 듯하지만, 일말의 가능성이라도 있다면 미리미리 막아야 했다.

"한번 가봐야겠네."

홍원의 중얼거림에 술을 따르던 종현이 멈칫했다.

"위험하지 않을까?"

"멀리 있을 때 위험한 게 낫지."

홍원의 말에 종현은 아무 말도 하지 못했다. 자신의 친구가 보통 사람이 아니라는 것은 너무나 잘 알고 있었으니까.

"그 전에 남면에도 좀 다녀와야 할 것 같고."

그래도 자신을 찾는 전언이 있었으니 한번 찾아가는 게 예의였다.

고향에 돌아오자마자 다시 떠나야 할 것 같았다.

"역마살도 아니고."

종현의 말에 홍원은 피식 웃었다.

그러고 보면 읍성으로 돌아온 후 진득하게 있었던 시간이나, 읍성을 떠나 있었던 시간이나 비슷한 것 같았다.

홍원과 종현이 술잔을 기울이던 그 시각.

종현의 우려대로 일이 벌어졌다.

사막과 맞닿은 승무련의 최북단 마을.

그곳에 도철이 들어선 것이다.

깊은 밤, 마을 전체가 어둠 속에서 곤한 잠에 빠져들어 있었다. 도철의 몸에서 뿜어져 나온 검은 기운은 어둠 속에 묻혀 모든 집으로 빠짐없이 흘러들어 갔다.

"큭큭. 좋군, 좋아. 아주 배불러. 맛있어, 큭큭큭."

그의 음산한 말소리만 어둠 속에서 울렸다.

그렇게 마을 사람들은 자신들이 무엇에 당하는지도 모른 채 생기가 빨려 목내이로 화하고 있었다.

산인은 불만이 가득한 얼굴로 초옥에 앉아 있었다. 산록이 그런 산인을 찾아왔다.

"금제 때문에 그러십니까?"

산인의 마음을 안다는 듯 산록이 물었다.

"그들은 너무 꽉 막혔어."

산인이 고개를 절레절레 저으며 말했다.

"중심은 그런 모양이군요."

산록은 중심으로 가본 적이 없었다. 그랬기에 산인의 말에 그리 답할 수밖에 없었다.

산인이 느꼈던 것은 산록도 느꼈다.

"그래도 그 기운은 너무나 불길했습니다."

산록의 말에 산인이 고개를 끄덕였다.

"그래. 모든 일은 미연에 방지하는 것이 가장 좋지. 그 불길함은 내가 살아오면서 처음 느낀 종류의 것이었다. 전해져 오는 흉수의 기운이 그렇지 않을까 할 정도였으니……."

"흉수의 기운은 아닌 모양이군요."

산인의 씁쓸한 얼굴을 보면서 산록이 말했다.

"그러더구나. 흉수였으면 자신들이 먼저 움직일 거라니."

"달아난 흉수가 하나 있다 들었습니다."

"그 때문에 중심에서도 항상 흉수의 기운에 촉각을 곤두세우고 있다 하더구나. 하지만 여태껏 나타나지 않았다고 하니."

산인의 얼굴은 어두웠다.

그가 느낀 불길한 기운과 해미성에서 들은 흉사. 그 두 가지 때문에 혹여나 하는 마음에 알아보려 했건만 중심에서 그를 막았다.

"그러면 그에게 부탁을 해보면 어떻겠습니까?"

산록이 문득 생각났다는 듯 말했다. 그리 말하는 그의 시선은 자신의 양팔로 향했다.

"장 공자 말이로군."

잠시 생각을 하던 산인이 고개를 끄덕였다. 자신이 움직일 수 없는 상황에서 그만한 적임자가 떠오르지 않았다.

아니, 애초에 그가 알고 있는 무림인은 홍원뿐이었다.

산의 길을 볼 수 있는 이가 얼마나 있겠는가.

산인은 생각난 김에 즉시 움직였다. 읍성은 그가 움직일 수 있는 범위 내였기에 곧장 간 것이다.

어두워질 무렵 읍성의 성벽을 넘었다.

기감을 넓혀봤으나 아무리 살펴도 홍원의 기척은 느낄 수가 없었다.

"흐음."

예상치 못한 상황에 당혹스러움이 그의 얼굴에 어렸다.

산인이 읍성에 도착하기 하루 전, 마침 홍원은 목이문을 방문하기 위해 읍성을 떠난 참이었다.

참으로 공교로운 엇갈림이었다.

"설마 그가 그랬을 줄이야."

홍원의 미간에 골이 파였다. 목이문으로 향하기 위해 서문을 나섰을 때, 묵린이 따라붙었다.

그러고는 자신을 한 곳으로 이끌었다.

그곳에는 이미 살이 다 썩은 시신 한 구가 있었다. 복색은 평범했다.

은밀한 곳에 숨겨져 있었기에 사람들이 쉬이 찾을 수 없는 곳이었다.

"나에게 범인을 보여주려고 이렇게 숨겨둔 것이냐?"

홍원의 물음에 묵린이 고개를 끄덕였다.

"이거 참……."

심사가 복잡했다.

이미 해골만 남아 있다시피한 시신이지만, 두개골 쪽에 아주 미약하게 사령탈혼술의 기운이 남아 있었다.

그랬기에 홍원은 이 시신이 은월임을 알게 된 것이다.

자신으로 인해 백치가 되었던 이였기에 측은한 마음에 목이문에 맡겼던 것이건만, 자신의 동생을 노리다니.

'아마 제정신을 차린 것인지도 모르겠군…….'

어찌 된 연유인지는 알 수 없었다. 하지만 묘종의 이유로 백치에서 벗어나 읍성을 찾은 것 같았다.

그리고 홍산을 노린 것이고.

모두 자신 때문에 벌어진 일인 듯하여, 홍원은 홍산에게 새삼 미안했다.

"그래도 정말 모를 일이군. 해골이 되었음에도 그 기운의 흔적이 남을 정도로 독한 대법인데… 백치에서 벗어났다니."

사령탈혼술의 특징이었다.

물론 사령탈혼술을 익힌 이만이 그 기운의 흔적을 알 수 있었다. 죽은 시신에도 기운의 조각이 남을 정도로 악독했기에 사혈궁에서도 금서고에 그 비급이 보관되어 있었다.

입맛이 썼다.

"고맙다."

홍원이 묵린을 보고 말했다. 묵린이 아니었으면 어찌 됐을지 모를 일이다.

자신의 탓이었다.

"그럼 계속 가족들을 부탁한다."

홍원은 기운을 일으켜 은월의 시신을 땅에 묻었다. 악연이라면 악연이고, 원한이 있다면 원한이 있었지만, 자신의 탓도 조금은 있는 듯하여 묻어준 것이다.

목이문으로 다시 걸음을 옮기며 고개를 갸웃거렸다.

읍성에 돌아오자마자 정신없는 일들이 연속하여 일어나다 보니 정작 궁금한 것 하나를 해결하지 못한 것이다.

"그런데 묵린이 산이를 찾을 때까지 산이 녀석은 어떻게 은월에게서 도망친 걸까?"

나직이 중얼거렸다.

은월의 실력은 홍원이 잘 알고 있었다. 직접 검을 맞대봤으니.

묵린이 그날은 홍산을 따라 움직이지 않았다고 했다. 홍산이 늦어지자 묵린이 뛰쳐나갔다고 했으니.

그 시간 차에, 홍산의 행적이 의문이었다.

목이문에서 돌아오는 대로 물어봐야겠다고 생각했다.

어쩌면 오늘 아침에 홍산이 자신을 보고 자꾸 우물쭈물거렸던 것이 그것과 연관이 있는지도 모를 일이었다.

"후우, 복잡하구나."

먼 사막에서는 흉사가 일어나고, 사령탈혼술의 백치에서 벗어난 은월에, 동생의 행적까지.

홍원은 머리를 가볍게 털고 목이문으로 향했다.

역시 목이문은 은월의 행적 때문에 안절부절못했다. 벌써 몇 개월이나 그 흔적을 찾지 못했으니.

홍원은 담담히 그에 관해 이야기해 줬다.

백치에서 벗어난 이유는 알 수 없었다. 다만 목이문에서 듣기로 묵룡이 승천한 직후에 사라졌다고 하니, 용의 기운이나 울음과 무슨 연관이 있지 않나 추측할 뿐이다.

도철의 행보는 무척이나 느렸다.

이유는 하나였다. 사람들이 많았다. 사막을 지나올 때와는 그 수를 비교할 수가 없었다.

탐식의 시간이었다.

욕심이 가득한 도철은 어느 마을 하나 그냥 넘기는 법이 없었다. 그랬기에 계속해서 먹고 또 먹었다.

그렇게 사람들이 목내이가 되어 발견되는 마을이 점점 늘어났다.

중원에서 일이 일어나고 있기에 더 이상 알 수 없는 흉사로 둘 수 없었다.

자신들의 영역에서 일이 벌어진 숭무련이 가장 정신없었다. 어떻게 된 일인지 규명하기 위해 바쁘게 움직였다.

"이게 대체 무슨 일인지……."

공야무는 지끈거리는 머리를 문질렀다.

자신이 련주가 된 후 대체 무슨 일이 이리도 계속해서 터진 단 말인가.

이러려고 련주가 된 것이 아닐진대.

차라리 자신과의 경쟁에서 밀려 부련주로 남아 있는 태고령 이 부러울 지경이었다.

점점 더 피해를 본 마을들이 늘어나고 있었다. 소문이 급속 도로 번져서 사람들의 피난 행렬까지 생겼을 정도다.

조사단을 보냈으니 소식을 올 것이다.

그렇게 믿고 기다리는 공야무는 상상도 하지 못했다. 그 조 사단들도 이미 바싹 마른 목내이가 되었음을.

그런 도철의 공포를 눈앞에서 겪은 생존자가 단 한 명 있었다.

아버지의 희생을, 일족의 비명을 뒤로하고 도망친 이.

선우강후였다.

그는 죽을힘을 다해 달렸다. 정말로 죽기 직전까지 달렸다가 쉬고, 또 그렇게 달렸다.

멀리서 들려오는 소문에, 자신의 아들의 껍데기를 뒤집어쓴 괴물은 자신과 다른 방향으로 간 듯했다.

하지만 선우강후는 달리고 또 달렸다.

그렇게 달린 끝에 거대한 산을 마주하고 멈출 수밖에 없었다.

눈앞에는 또 다른 금지가 있었다.

곧장 남쪽으로 치달려 도착한 곳은 향산의 북면, 서쪽이었다.

더 이상 갈 곳이 없었다.

살기 위해 달려왔으니, 어찌 저 금지로 발을 들이겠는가.

이제 갈 방향은 두 곳이다.

동쪽과 서쪽.

동으로 가면, 그 괴물이 들어선 중원이다. 서로 가면 천화국
이다.

"어디로 가든, 그 괴물이 나타나면 끝이다……."

선우강후는 낮게 중얼거렸다.

그의 얼굴에는 절망만이 존재하고 있었다.

차라리 향산으로 들어서서 죽음을 맞는 건 어떨까 하는 생
각이 들 정도였다.

"아, 향산……."

멍하니 향산을 바라보던 선우강후는 한 이름을 떠올렸다.

용을 잡았다고 하는 사내.

그라면 그 괴물을 상대할 수도 있지 않을까? 문득 그런 생각
이 들었다.

아버지는 그를 황실의 적으로 생각하고 암천을 얻은 자신의
아들을 북해로 보냈다. 그리고 돌아온 것은 도철이라는 괴물이
었다.

결국 자신의 일족은 그를 적으로 생각했다.

단 한 번도 본 적이 없는 자를.

• 　하지만 그렇게 인식만 했을 뿐, 부딪힌 적은 단 한 번도 없었다. 그저 그에 관한 정보만 모았을 뿐이다.

정확히는 홍원이 선우문강을 죽였지만, 그 사실은 누구도 몰랐다. 죽림의 손에 죽었다라고 생각만 할 뿐, 죽림이 홍원이라는 사실을 아는 이는 이제 오직 단리유화뿐이었으니.

"그래. 그러면, 어쩌면 방법이 있을지도……."

그렇게 생각을 하니 두 눈에 생기가 조금 돌아왔다.

잔뜩 모은 정보 중 일부는 똑똑히 기억하고 있었다. 그는 향산 동면 자락에 위치한 읍성이라는 곳에 살고 있었다.

선우강후는 그 사실을 떠올리고, 자신의 방향을 정했다.

동쪽으로 걸음을 옮겼다.

향산에서 불어오는 차가운 바람이 그의 등 뒤를 스쳐 지나갔다.

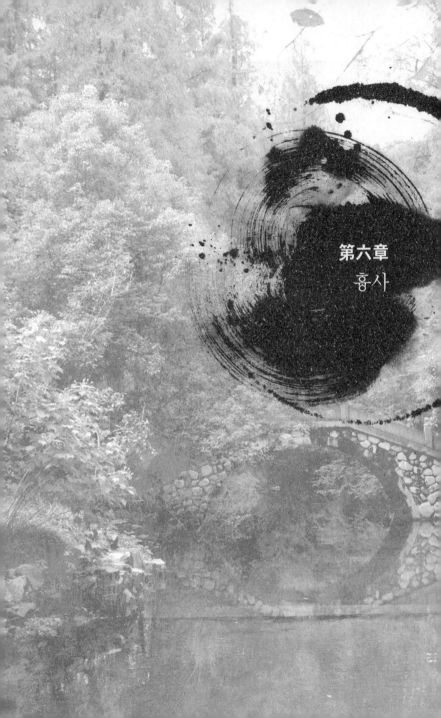

第六章
흉사

산인은 결국 아무 소득 없이 읍성을 다시 나섰다. 기감을 넓혀 읍성을 뒤졌지만, 홍원의 종적을 찾을 수 없었다.

거기에 더해 주막이나 다루, 객잔 등을 찾았지만 홍원의 이야기는 없었다. 그렇다고 먼저 나서서 사람들에게 수소문하기도 애매했다.

불안했지만 다음에 다시 찾아야겠다는 생각을 하며 서쪽 성벽을 훌쩍 넘어 향산으로 걸어가던 차에 익숙한 기운을 느꼈다.

"응? 이 녀석은?"

산인은 기운을 느낀 쪽으로 걸음을 빨리했다.

작은 봉분이 보이는 것이 누군가의 묘인 듯했다. 그 앞에 제법 큰 덩치의 아이가 멍하니 쪼그리고 앉아 있었고, 그 옆에 그 녀석이 있었다.

묵린은 산인을 기억하고 있었다.

갑작스러운 산인의 등장이었지만 꼬리를 흔들며 산인에게 다가갔다.

홍산은 갑작스러운 묵린의 행동에 놀랐다. 가족들을 제외하고는 저렇게 먼저 꼬리를 흔들며 다가간 적이 없던 녀석이었다.

"안녕하세요."

어르신을 마주쳤으니 먼저 자리에서 일어나 인사를 했다.

"그래, 반갑구나. 이 아이는 네가 기르는 녀석인가 보구나. 아주 착하구나."

산인이 묵린의 머리를 쓰다듬으며 말했다. 그 말에 홍산은 실소를 머금고 말았다.

"아, 죄송해요. 버릇없이. 다만 묵린이 저렇게 사람에게 먼저 다가간 적이 없어서요."

"아니다, 허허."

산인은 홍산의 곁에 털썩 주저앉았다.

묵린과 함께 있다면, 홍원의 가족일 터. 일전에 집을 비운다며 자신에게 가족을 부탁하러 올 정도로 가족에 대해 끔찍하게 여기니 이 아이라면 홍원의 행방을 알 거라는 생각이 들었다.

아마 남동생이리라.

"한데 너는 무슨 근심이 그리 있는 게냐?"

멍한 눈 깊은 곳에 어린 근심을 산인이 읽은 것이다.

"아무것도 아니에요, 후우."

고개를 흔들며 낮은 한숨을 쉬는 홍산의 모습은 큰 걱정이 있음을 너무도 명확히 알리고 있었다.

"걱정거리가 있으면 말해보거라. 때로는 말해보는 것만으로도 근심이 많이 줄어드는 때도 있는 법이니라."

산인의 말에 홍산은 잠시 그를 바라보았다.

처음 만난 영감님이다. 낯선 이라는 말이다. 이런 이에게 자신의 걱정을 이야기해도 될까?

그래도 묵린이 저리 꼬리를 치는 것을 보면 나쁜 사람은 아닌 듯했다. 그리고 읍성에서 본 적이 없는 것을 보면 이리저리 떠도는 분인 듯했다.

홍산은 마음을 먹고 고개를 끄덕였다.

그래, 말을 해보자.

"제가 몇 달 전에 너무 이상한 일을 겪어서요. 그래서 형님이 오면 말하려고 했는데……."

"했는데?"

"다시는 그곳에 갈 수가 없어요… 마치 꿈을 꾼 것처럼요. 지금 생각에는 정말 그게 꿈이 아닌가 생각이 들 정도예요. 그래서 형님께 말을 못 했어요."

그랬다.

홍산은 홍원을 처음 봤을 때부터 몇 번이나 그날의 일을 말하려고 고민했지만, 차마 입을 열지 못했다.

"그게 무슨 말이냐?"

산인이 고개를 갸웃거리며 물었다.

홍산은 천천히 조리 있게 자신이 은월에게 쫓기며 겪었던 일을 이야기했다. 산인은 고개를 끄덕이며 그 말을 경청했다.

내심 상당히 놀라고 있었으나 그런 내색을 하지 않았다.

'무양이 그 친구 핏줄에 무언가 있기는 한가 보군. 이 아이 역시 스스로 산의 길을 발견하고 그 안에 들다니.'

"그런데 그날 이후로 그 반짝이는 곳을 찾을 수가 없어요. 찾을 수가 없으니 들어가지도 못하고요. 이런 상황에서 형님한테 그 일을 이야기한다고 믿어줄지도 걱정이고요……"

가슴에 맺힌 모든 것을 이야기한 후 홍산은 후련하다는 듯 깊은 한숨을 내쉬었다.

산인은 그 모습에 홍산의 머리를 쓰다듬어 주었다.

이제 성인이라 해도 될 법한 덩치였지만, 아직은 아이 같은 모습이 조금 남아 있었다.

"네 형과 아버지, 그리고 산인이라는 사람만 들어갈 수 있는 길이라고 하지 않았느냐? 산의 길이란 곳이라고. 그렇다면 네 형도 알고 있으니 아무 문제가 없어 보인다만?"

"그런데 제가 다시 그곳으로 들어갈 수가 없으니, 제가 길을 잃고 산에서 기절한 동안 꿈을 꾼 건 아닌가 하고 헷갈려요."

홍산이 침울한 얼굴로 말했다.

"잠깐 네 이야기를 들어보니 너는 아주 똑똑한 아이 같다만, 설마 꿈과 현실을 착각하겠느냐?"

"모르겠어요. 장자지몽 같다는 생각이 들어요. 처음에는 너무나 확실해서 현실이라 생각을 했는데, 두 번 다시 그 길이 보이지 않으니까… 분명 묵린을 다시 만났을 때만 해도 반짝이는 길이 보였는데, 그 이후로 다시 동면을 찾았을 때는 보이지가 않아요. 몇 번이고 찾아가도요. 그러니까 현실인지 꿈인지 환상인지 모르겠어요."

홍산은 몇 개월의 시간이 흐르는 동안 자신의 경험을 의심하게 되었다. 의심이 생기니 쉬이 이야기를 하지 못한 것이다.

아무리 똑똑하고, 덩치가 커졌다고 해도 홍산이 이제 겨우 열서넛의 아이였다. 그랬기에 그런 망설임이 있었던 것이다.

"네 형이 누구인지 모르겠다만, 너는 형을 아주 믿고 의지하고 있구나."

"네!"

산인의 말에 홍산이 힘차게 답했다.

"그렇다면 네가 무슨 말을 하든 형도 믿어줄 게다. 설령 그것이 꿈이었다 한들, 무슨 상관이냐. 네가 그리도 믿는 형이라면 그 꿈 이야기마저 진지하게 들어줄 것인데. 그러니 그런 걱정일랑 말고 이야기해 보거라. 만약 그 일이 현실이라면, 아버님의 유언에 관한 아주 중요한 일 아니냐."

그리 말하는 산인의 두 눈에 잠시 회한의 기색이 어렸으나 홍산은 그것을 느끼지 못했다.

"그럴까요?"

"그래. 그러니 당장 형을 찾아가려무나."

산인의 말에 홍산은 고개를 끄덕였다.

"그러면 형님이 돌아오는 대로 말해야겠어요."

"응? 돌아왔다고 하지 않았느냐?"

"아, 급한 일이 있다고 어제 잠시 향산으로 떠났어요. 며칠 후에 돌아온다고 하고는요. 가끔 사냥이나 약초를 캐러 그렇게 훌쩍 떠나요."

그 말에 산인이 고개를 끄덕였다. 이제야 홍원의 행방을 알게 된 것이다.

참으로 공교롭게 엇갈렸다.

그래도 며칠 내로 온다 하니 매일 읍성에 들러봐야겠다고 생각했다.

"그래. 그럼 형이 돌아오면 꼭 대화를 나눠보거라."

거기까지 이야기한 산인이 몸을 일으켰다. 그러고는 동면으로 터덜터덜 걸음을 옮겼다.

"감사합니다, 할아버지. 그리고 몸조심하세요!"

홍산이 큰 소리로 외쳤다. 이 시간에 향산에 들어가는 것은 드문 일이었으나, 홍원도 종종했던 일이기에 홍산은 산인을 그저 약초꾼으로 여겼다.

홍산의 인사를 받으며 걸음을 옮기는 산인의 얼굴은 어두웠다.

'허어, 천선문에 피바람이 불겠구나.'

산의 길을 통해 북면을 오갈 수 있었던 사냥꾼, 장무양.

그의 죽음에 천선문이 연관된 것을 알면 홍원이 결코 참지 않을 것이라 생각했다.

'안 되면 때로는 포기하는 것도 방법이거늘… 우문 사제, 욕심이 너무 과하네. 자네가 아무리 그렇게 발버둥을 쳐도 천선문은 이미 북궁의 것이거늘… 자네가 그런다고 해도 그들은 자네를 그저 말 잘 듣는 하인으로만 여길 것인데……'

입맛이 쓰고 마음이 아팠다.

천선문은 그래도 산인 헌우린의 사문이 아니던가.

'그깟 천선 후반부가 무어라고.'

고개를 저었다.

천선 후반부는 전반부와는 다른 무엇이 있었다. 그랬기에 오직 문주만이 익힐 수 있는 것이다.

그것은 바로 체질이었다.

천선 후반부를 익힐 수 있는 체질이 있었고, 그 체질은 오직 북궁씨에서만 나타났다.

무슨 조화인지 알 수 없는 일이다.

다만 헌우린과 백리평, 그리고 우문기영의 대에서 안타까운 일이 일어났다.

그들의 대사형인 북궁진천, 천선 후반부를 익힐 수 있는 체질을 타고난 그가 소문주로의 의무를 다할 때 불의의 사고로 목숨을 잃었다.

우문기영이 문주로서의 야욕을 드러낸 것은 그때부터였다.

그리고 헌우린과 백리평은 모든 것이 부질없다며 문을 떠난 것이다.

우문기영이 야욕을 드러낸 이유는 간단했다. 그가 비록 그 체질을 타고 나지 못했더라도, 그 체질을 만들어주는 영약이 존재했으니까.

그리고 당시 천선문에는 마지막 하나의 영약만이 남아 있었다.

그렇게 우문기영이 문주에 오른 후, 북궁진천의 조카이자, 북궁휘용의 당숙에게 문주의 자리가 이어졌고, 그가 요절을 하면서 북궁휘용이 문주의 위에 올랐다.

북궁진천의 손자인 북궁휘용은 불행히도 조부와는 다르게 체질을 타고나지 못했다.

간혹 이렇게 북궁씨 중에서도 체질을 타고나지 못했기에 체질을 바꿔주는 영약을 만들어낸 것인데, 마지막 남은 것을 우문기영이 취했다.

결국 새로이 영약을 만들어야 하는데, 그중 가장 중요한 재료의 위치가 향산 북면이었다.

그것은 오직 문주와 태상호법, 그리고 소문주들만이 알고 있는 극비의 사실이었기에, 많은 인원을 북면에 보낼 수 없었다.

소문주였던 산인은 마지막 영약을 우문기영이 취했음과 핵심 재료가 북면에만 존재한다는 것을 알았기에 홍산의 이야기에서 모든 사실을 유추할 수 있었다.

그랬기에 안색이 어두운 것이다.

아버지의 죽음을 제공한 천선문에 대한 홍원의 분노가 얼마나 클지 상상할 수 없었다.

"업보로다, 업보야."

산인은 그렇게 중얼거리며 산의 길로 들어섰다.

용의 피를 머금은 진은 은은한 빛을 발했다.

그러나 여전히 부족하고도 부족했다.

북궁휘용의 두 눈은 낮게 가라앉았다.

"기록된 곳의 모든 녀석들을 잡아주지."

홀로 서 있던 북궁휘용이 낮게 중얼거렸다. 홍원과 직접 싸워보니 반드시 그래야 할 것 같았다.

그리고 어쩌면 대법을 다시 펼쳐야 할지도 모른다는 예감이 들었다.

어떻게든 진의 기운을 가득 채워야 했다.

기록된 용의 피로도 모자란다면, 향산에 나타났었다는 그 묵룡도 잡을 생각이었다.

홍원을 떠올리니 양손이 잘게 떨렸다. 더 많은 내단이 필요했다.

북궁휘용은 진이 모든 기운을 흡수하자 몸을 돌려 자신의 집무실로 향했다. 오래 머물고 있을 여유는 없었다.

어서 다음 사냥감을 찾아 떠나야 했다.

집무실 앞에는 우문기영이 기다리고 있었다.

"노야께서 어쩐 일이십니까?"

이미 다시 문의 전권을 우문기영에게 맡겼기에 굉장히 중요한 일이 아니면 자신을 찾아올 일이 없었다.

"문주님께 알릴 소식도 있고, 재가를 받아야 할 것도 있습니다."

"들어가시지요."

두 사람은 함께 북궁휘용의 집무실로 들어섰다.

시비가 두 사람이 앉은 다탁에 찻잔을 올려놓고 물러갔다.

"말씀하시지요."

"네. 이제 소문주를 정해야 할 때입니다."

"벌써 그리 되었습니까?"

북궁휘용의 물음에 우문기영이 고개를 끄덕였다.

"천선은 그 깊이가 끝이 없는 무학입니다. 문주께서도 이맘때쯤에 소문주가 되셨지요."

이제는 아련한 일이었다.

"이번 대에는 체질을 가진 아이가 있습니까?"

"네. 다행히도 한 명 있습니다."

북궁휘용의 대에서는 없었다. 그랬기에 가장 오성이 뛰어난 그가 소문주가 되었다.

"다행이군요. 영약이 있다고는 하나… 이제 넷 남았을 뿐이니."

그리 말하는 북궁휘용의 얼굴에 쓸쓸한 기운이 감돌았다. 자신 때문에 그 영약을 만들기 위해 희생한 호법들이 떠올랐기 때문이다.

"말이 나온 김에 영약을 더 만들어야겠군요. 제가 급한 일이 정리되는 대로 북면을 다녀오겠습니다."

"문주님, 그곳은……."

북궁휘용의 말에 우문기영이 떨리는 눈으로 만류하려다가 입을 다물었다.

그 강함이 상상이 가지 않는 북궁휘용이라면, 북면에서도 무사할지도 모른다는 생각이 들었기 때문이다.

"아직 훗날의 일입니다. 저도 당장은 갈 생각이 없습니다. 저에게 좀 더 확신이 생긴다면 다녀오도록 하지요. 네 개로는 불안하군요. 후대에 다시 어떤 희생을 치러야 할지도 모릅니다. 다녀올 수 있는 사람이 있을 때에 많이 만들어둬야지요."

북궁휘용이 단호한 얼굴로 말했다.

'그때는 홍원, 그 괴물을 정리한 다음입니다.'

"알겠습니다. 문주님께서 대성을 이루시니 이렇게 든든하군요, 허허."

그런 북궁휘용의 모습에 우문기영은 기꺼운 웃음을 흘렸다.

"그러면 그 아이를 포함해서 다섯 아이를 선별하시지요. 그리고 천선의 전수는 노야께 부탁드립니다."

"알겠습니다, 문주님."

북궁휘용의 말에 우문기영이 고개를 끄덕였다. 현재 천선문 본산에 천선을 익힌 이는 북궁휘용을 제외하면 우문기영이 유일했다.

다른 북궁휘용의 사형제들은 본산을 떠나 숨겨진 지부에 있는 상태였다. 문의 기강을 위해 행해진 조치다.

천선을 익힌 자 중 본산에 남을 수 있는 이는 오직 문주의 위에 올랐던 자들뿐이다.

"그리고 전할 소식이란 무엇입니까?"

"중원에서 기이한 흉사가 벌어지고 있습니다."

북궁휘용의 물음에 우문기영이 심각한 얼굴로 답했다.

"흉사요?"

"그렇습니다. 시작은 북해와 사막이었다고 합니다만… 지금
은 숭무련의 영역에서도 발생하고 있답니다."

우문기영은 그 내용을 자세히 설명했다.

"흡성대법 같은 걸까요?"

북궁휘용이 고개를 갸웃거리며 물었다. 흉사가 알려졌을 때,
무공에 관한 지식이 있는 사람들이 제일 먼저 떠올릴 만한 것
이다.

사람의 정기를 취해 자신의 내공으로 만드는 저주받은 마공,
흡성대법.

그 말에 우문기영이 고개를 저었다.

"흡성대법으로는 불가능한 일입니다. 순식간에 그렇게 많은
사람의 정기를 흡수할 수는 없으니까요."

흡성대법에 정기를 빨리면 목내이가 되어 죽는다는 것은 같
았으나, 그 수가 너무 많았다.

"정말 흡성대법이라면 그것을 익힌 마인들이 수십, 아니, 수
백 명은 있어야 합니다."

우문기영의 말대로다. 하루아침에 그 많은 사람들을 목내이
로 만든다는 것은, 사람의 힘으로는 불가능한 일이다.

그랬기에 흉사(凶事)라 하는 것이다.

"흐음… 황실에도 이 소식이 들어갔을까요?"

"폐하께서는 천하의 안녕에 관심이 많으시지요. 아마 알고

계실 겁니다."

그렇다면 자신을 찾을지도 모를 일이라 생각했다.

"일단 숭무련의 영역이니 숭무련에 먼저 맡기시겠지요."

천선문의 황제 최후의 검이기에 그리 쉽게 휘두르지 않을 것이다. 마황성의 일은 그들이 워낙 막장으로 치달았기에 그런 것이다.

북궁휘용의 말에 우문기영도 같은 생각이라는 듯 고개를 끄덕였다.

"혹시 모를 일이니 흉사가 일어나는 곳에 눈과 귀를 좀 더 집중해 주십시오. 저는 다시 나갔다 와야 하니, 모든 것은 노야께 맡기겠습니다."

"네?"

돌아온 지 얼마나 됐다고 또 떠난단 말인가.

"아직 더 강해져야 합니다."

한 번 문을 떠났다가 돌아오면 몰라보게 강해지는 문주였다. 그런데 아직도 부족한 듯했다.

"알겠습니다."

자세한 사정을 알지 못했지만, 북궁휘용의 두 눈에 어린 굳은 의지를 보았기에, 우문기영은 그렇게 대답할 수밖에 없었다.

우문기영은 북궁휘용의 집무실을 나왔다. 자신의 집무실로 향하는 와중에 의문이 가득했으나 풀 길이 없었다.

항시 문주와 함께 움직이는 암투와 패검도 입을 꾹 다물고 있으니 방법이 없었다.

"무언가 찝찝한 느낌이야. 조금이라도 빨리 강해져야 해."

흉사의 소식은 북궁휘용도 께름칙했다. 그랬기에 그는 더욱 서둘렀다.

홍원의 여정은 생각보다 길어졌다. 이왕 남면에 들어선 거 오랜만에 두하족 마을에 들른 것이다.

단하의 손질도 맡길 겸 해서 가는 길이기에, 그들에게 선물할 약초를 캐서 가느라 걸음이 더 느렸다.

그렇게 모든 일을 마치고 다시 읍성으로 돌아가는 길이었다.

산의 길을 걷는 중 낯익은 기운이 홍원의 기감에 잡혔다.

그 기운에 홍원은 고개를 갸웃거렸다. 이곳에서 느낄 기운이 아니었기 때문이다.

'이곳에는 무슨 일이시지?'

홍원은 걸음을 계속 옮겼고, 이윽고 기운의 주인을 만날 수 있었다.

"오랜만에 뵙습니다."

홍원은 정중히 허리를 숙였다.

"볼 때마다 벽을 넘고 있구만, 허허."

홍원의 모습을 확인한 산인이 웃음을 흘렸다.

"저를 기다리셨던 겁니까?"

길 가운데 가만히 뒷짐을 지고 서 있는 그의 모습을 보니 그런 듯했다.

"잠깐 앉지."

산인이 눈짓으로 길가에 있는 바위를 가리켰다.

두 사람은 바위에 걸터앉았다.

"심상치 않은 일이 있어서, 굳이 자네를 찾았다네."

"네?"

산인이 먼저 자신을 찾을 것이라 생각지 못했기에 홍원이 되물었다.

"뭘 그리 놀라나. 그럴 일도 있는 법이지. 읍성에 들렀네만, 자네가 없더군. 산으로 돌아오는 길에 자네 동생을 만나서 향산에 들었다는 이야기를 듣고 기다리고 있었네."

"무슨 일이 있는 것인지요?"

홍원은 불길한 예감을 느꼈다.

산인이 굳이 이렇게 움직인다면 보통 일이 아닐 것이라는 생각이 들어서다.

"자네, 흉수라는 존재를 아는가?"

산인의 물음에 홍원은 고개를 갸웃거렸다.

흉수라니. 산해경이라는 이야기책에 등장하는 전설일 뿐이지 않던가.

"흘흘, 그 표정이 대답을 해주는군."

홍원에 얼굴을 보며 산인이 말했다.

"전설에나 나오는 이야기네만, 흉수는 실제로 존재한다네. 산해경에 나온 그대로 네 마리가 있지. 그래서 사흉수 아니겠나."

그 말에 홍원이 두 눈이 떨렸다.

"그중 세 마리는 봉인되어 있다네. 혼돈, 궁기, 도올. 이 세 녀석은 오랜 옛날 잡혀서 봉인이 되어 있지. 그 무시무시한 기운에 그들을 가둬놓는 것도 큰일이네만……."

그리 말하는 산인의 시선이 한 곳을 향했다. 홍원의 시선도 그를 따랐다.

"설마……."

그 끝에 위치한 곳, 향산의 중심이었다.

"그렇네. 중심에 봉인되어 있지."

중심은 과연 어떤 곳이란 말인가. 문득 두하족의 마을에서 부딪힌 묵룡이 떠올랐다.

그 녀석도 중심이 제가 있던 곳인 양 하지 않았던가.

"대체 중심은 어떤 곳입니까?"

가려 해보았으나 가지 못한 곳이다.

"인연이 있다면 알게 될 게야."

산인은 그 이상 답하지 않았다. 그랬기에 홍원은 더 이상 묻지 않았다. 대신 다른 것을 물었다.

사흉수 중 나머지 하나에 대해서.

"도철이라는 흉수도 있는 걸로 압니다만……."

"그렇지 수천 년 전에, 다른 세 녀석이 봉인될 때 홀로 도망쳤다네."

"아……."

"도철이기에 도망친 거지. 그놈은 흉수 주제에 제 놈보다 강한 존재는 귀신같이 파악하고 도망치니까."

산해경의 글귀를 떠올린 홍원은 고개를 끄덕였다.

"그리고 오랜 세월을 숨어 산 듯한데… 최근에 그놈의 기운 같은 것을 느꼈다네."

그 말에 홍원의 두 눈이 빛났다.

정말로 도철이 모습을 드러낸 것이라면 보통 일이 아니었다. 산인이 이렇게 일부러 자신을 찾아올 정도 아닌가.

"그런데 어찌 된 일인지… 놈의 기운인 듯 놈의 기운이 아니야. 중심에 있는 존재들은 그 기운을 놈의 것이 아니라고 결론을 내렸지."

그렇게 홍원은 중심에 대한 정보를 하나 더 얻었다.

"내가 직접 확인하고 싶었네만, 그들의 제약에 묶여 있는 몸인지라……."

또 하나의 정보가 나왔다.

'중심에는 강대한 존재가 있다. 사흉수 중 셋을 봉인할 만큼. 그리고 그런 존재의 제약에 어르신이 묶여 있고.'

그렇게 정보를 정리할 뿐, 묻지는 않았다. 물어도 될 내용이면 산인이 말을 해줬을 테니.

"세상은 지금 그 기운과 연관된 흉사가 일어나고 있는 듯하네."

흉사. 무척이나 섬뜩한 말이다. 그리고 무언가 짚이는 것도 있었다.

"해서 자네가 좀 알아봐 줬으면 좋겠군."

그것이 산인의 부탁이었다.

"혹시 그 흉사라는 것이 사람들이 목내이로 발견되는 것입니까?"

"그렇다네."

어차피 남면의 일을 마치고 가보려던 곳이다. 홍원으로서는 오히려 산인 덕에 정보를 하나 얻었다.

그저 원인을 알 수 없는 일이 아니라, 흉수 도철에 의한 흉사일지도 모른다니.

"알겠습니다. 산을 내려가는 대로 그것부터 해결하겠습니다."

홍원의 말에 산인은 고마운 표정으로 홍원의 손을 잡았다.

"잘 부탁하네. 혹여 감당하지 못할 정도라면 나에게 알려주게."

"알겠습니다, 어르신."

그렇게 두 사람은 자리에서 일어나 걸음을 옮겼다. 그렇게 움직이는 동안 많은 대화를 나눴다.

홍원이 진작 그 일이 벌어진 곳에 갈 생각이었다는 말에 산인은 고개를 주억거렸다.

그러면서 자신이 알고 있는 도철에 대한 정보를 알려주었다. 사람이 목내이가 되는 흉사.

"내 생각이네만… 그건 놈의 탐식과 연관이 있을 게야."

홍원은 그 조언을 가슴에 새겼다.

두 사람은 동면과 북면의 갈림길에서 각자의 길을 갔다. 읍성에 돌아오자마자 홍원이 가장 먼저 향한 곳은 서희상단이었다.

종현은 한창 바쁘게 서류 작업 중이었다.

홍원은 거침없이 종현의 집무실로 들어섰다. 그 누구도 그런 홍원의 움직임을 알아차리지 못했다.

"종현아."

"으아! 깜짝이야!"

한창 일에 열중하던 종현은 갑작스러운 부름에 화들짝 놀랐다.

그리고 홍원의 모습을 확인하고서 놀란 가슴을 진정시켰다.

"원, 기척이나 하고 좀 나타나라. 애 떨어질 뻔했다."

어떻게 아무런 기척 없이 이곳에 나타났는지는 궁금해하지 않았다. 종현은 이미 홍원이 보통 사람이 아님을 절실히 느끼고 있었으니까.

"좀 급해서."

홍원의 말에 종현은 그제야 홍원의 복색을 제대로 살폈다.

"설마 향산에서 바로 이리로 온 거냐?"

그 물음에 홍원이 고개를 끄덕였다.

"사람들이 목내이로 변한다는 흉사 말인데……."

그 말에 종현의 얼굴이 대번에 어두워졌다.

"말도 마라. 그것 때문에 난리도 아니다. 지금 숭무런 북쪽 지역에서도 그런 일이 일어나고 있어."

역시 예상대로다.

"어디쯤이냐?"

홍원의 물음에 종현은 지도를 펼쳐 한 지역을 가리켰다.

그곳에는 많은 표식과 날짜가 적혀 있었다.

이미 남면에 가기 전에 홍원이 그곳에 갈 것이라 이야기를 한 적이 있었기에 홍원의 목적을 짐작했다.

홍원은 종현이 가리킨 지역을 자세히 살폈다.

"조심해라."

종현은 달리 해줄 말이 없었다.

홍원은 친구의 말에 씨익 웃고는 금세 사라졌다.

"허, 참. 대단한 놈."

종현은 멍하니 중얼거렸다. 자신이 조금 전까지 정말 홍원과 대화를 나눴나 하는 생각이 들 정도의 움직임이다.

[아, 가족들 좀 부탁한다.]

그때 종현의 귀에 들린 전음이 홍원이 함께했었음을 알려주었다.

홍원은 빠르게 숭무련을 향해 달렸다.

'빠르게 움직이던 것이 숭무련의 영역에 들어선 이후 정체하고 있어. 그것이 진정 도철이라 하면… 아마도 사막보다 중원에 마을이 많기 때문이겠지.'

산인이 알려준 탐식.

놈의 그 엄청난 식욕은 사막에서의 빠른 이동을 야기했을 것이다. 그의 식욕을 채워줄 것들을 찾아서.

반면 수많은 마을이 있는 중원에서라면, 그 이동이 느린 것도 당연했다.

주변에 있는 모든 것을 먹어치워야 할 테니.

'그것이 사람의 기운이고, 놈에게 기운을 빨린 사람은 목내이가 된다라.'

산인의 말대로라면 지금 일어나고 있는 흉사는 도철의 소행임이 분명했다.

'그런데 중심의 존재는 도철이 아니라고 했다라⋯⋯.'

흉수의 기운은 없다고 했었다.

그렇다면 대체 어떤 존재란 말일까?

홍원은 이미 그 존재가 도철이라고 구 할 정도 확신을 하고 경공을 전력으로 펼치며 달렸다.

그렇게 홍원이 전력으로 북쪽을 향해 달릴 때쯤.

선우강후는 해미성에 도착했다. 그의 몰골은 말이 아니었다.

"후우, 후우. 이제 조금이다⋯⋯."

해미성은 그가 있다는 읍성의 지척이다. 며칠 걸리는 거리이긴 했으나, 경공을 펼치면 그 거리를 극히 짧아진다.

그랬는지 마음이 조금 놓였다.

근처 객잔을 찾아 오랜만에 마음 놓고 휴식을 취했다.

따뜻한 물이 가득한 나무통에 몸을 담그니, 절로 나른한 기운이 몰려왔다.

막 마을 하나를 몰살시킨 도철은 그런 산우강후의 위치를 감지했다.

사대 세력 중 한 곳의 영역을 완전히 가로지르는 먼 거리임에도 도철에게는 장애가 되지 않았다.

"네놈이 간 곳이 거기란 말이지… 허, 거참. 알고 간 것인지, 우연인 것인지⋯⋯."

향산이 지척인 해미성.

그 위치가 도철로 하여금 고민에 빠지게 하였다.

후일을 위해 일부러 놓아준 녀석이지만, 설마 향산 지척으로 향할 줄이야.

"흠, 지금까지 아무 움직임이 없으니, 근처로 가도 괜찮을 것 같기는 한데……."

확신이 있음에도, 향산 근처로 가는 것은 무척이나 꺼려졌다. 그것은 본능에 가까운 반응이었다.

"놈이 또 하나의 씨앗이니, 가긴 가봐야지. 이제 충분히 발아를 시킬 만큼 먹어치웠으니."

도철은 결정을 내리고는 고개를 끄덕였다. 그리고 곧장 향산 쪽으로 떠났다.

이곳으로 올 때처럼 직선으로 움직였다.

앞을 막는 것이 산이든, 강이든, 절벽이든 개의치 않았다. 지속적으로 선우강후의 움직임을 느끼면서 그가 가는 방향을 향해 직선으로 움직였다.

그렇게 조금씩 조정한 방향은 정확히 읍성을 향해 있었다.

홍원은 최대한 빠르게 달렸다. 오랜만에 혼자 움직이니 새삼 단리유화와 곡비연의 빈자리가 느껴졌다.

특히 정보의 부재라는 점에서 곡비연의 빈자리가 크게 느껴졌다.

결국 홍원은 숭무련의 영역에 들어선 후 제법 큰 성에서 하오문을 찾았다.

일단 가장 최근의 정보가 필요했다.

이미 하오문 전 지부에 홍원에 대해 알려져 있었기에 정보를 얻는 것은 어렵지 않았다. 그들의 암어는 이미 홍원도 잘 알고 있었기에 접촉도 쉬웠다.

다만 새로 얻은 정보가 문제였다.

흉사가 일어나는 곳의 위치가 바뀌어 있었다.

게다가 이전과는 다르게 그 위치가 빠르게 움직이고 있었다. 특정 지역 주변에 몰려 있던 양상과는 달랐다.

"이건?"

홍원은 지금까지 흉사가 일어났던 장소가 표시된 지도와 최근 일어난 흉사가 표시된 지도 두 개를 나란히 펼쳐놓았다.

그리고 시간 순서대로 짚어보았다.

"북해에서 사막, 사막에서 숭무련으로 이동한 뒤, 한동안은 일정 영역에서 일어났어."

북해에서 사막을 거쳐 숭무련 영역을 향해 일어났던 흉사는 드문드문 있었다.

손가락으로 그 위치들을 움직여 보면, 한 가지 알 수 있었다.

"최단거리, 직선으로 움직였다."

그렇다면 지금 위치가 바뀌었다는 것은 다시 움직이기 시작했다는 뜻이다.

홍원은 새로이 움직임으로 보이며 흉사가 벌어진 지역을 따라 손가락을 움직여 보았다.

이전의 직선과는 달리 조금씩 보정이 있었지만, 이번 움직임도 크게는 직선을 그리고 있었다.

예상되는 경로를 따라 직선을 죽 그었다.

"젠장, 빌어먹을."

홍원의 입에서 욕설이 흘러나왔다.

엇갈렸다. 숭무련의 영역이라는 말에 일단 숭무련의 영역에 들어와서 정보를 취합한 것이 실수였다.

자신의 손가락 끝에 있는 곳, 읍성이었다.

홍원은 서둘러 움직였다. 흉사를 일으키는 존재는 어느새 사혈궁의 영역으로 들어가 있었다.

홍원의 예상대로면 정체불명의 그놈이 읍성에 도착하기까지 얼마 남지 않았다.

지도를 확인하고 예상되는 경로를 향해 전력을 다해 달렸다.

숭무련으로 향할 때와는 마음가짐이 달랐다. 정말로 절박한 심정이었다.

부디 자신이 예상한 지점에서 그놈과 만나기를 간절히 바랐다.

며칠이 흘렀을까.

도철의 입에 걸린 미소는 점점 진해졌다. 향산이 가까이 다가올수록 걱정되는 마음도 있었으나, 아무 반응이 없었다.

반응이 있어야 할 영역 안으로 들어가서 탐식을 하고 있음에도 그곳에서는 아무런 움직임이 없었다.

모든 감각이 향산을 향해 있었기에 확신할 수 있었다.

"좋아, 크크크."

절로 웃음이 흘러나왔다.

이제 다음 식사를 할 시간이다. 빠르게 움직이느라 벌써 몇 개의 마을을 건너뛰었다.

수많은 인간들이 모여 있는 성도 있었으나, 건너뛰었다.

그런 만찬은 잠시 미뤄둔 것이다.

일단 씨앗의 발아가 먼저였다.

그것은 도철에게 여벌 목숨과 같은 것이었으니.

선우씨의 직계들은 결국 도철의 자손이었다. 그랬기에 그중 자신의 기운을 가장 잘 받아들일 수 있는 개체를 하나 남겨둔 것이다.

자신의 피를 극소량이나마 이었고, 자신의 기운 중 일부를 다스리는 북명의 무공을 익혔다.

암천에 비할 바가 아니었지만 저마다 작은 씨앗을 간직한 것이다.

그중 가장 자질이 좋은 녀석을 하나 살려뒀다.

너무 작은 씨앗이었기에 발아를 하려면 어마어마한 기운이 필요했다. 그 기운을 지금껏 미친 듯이 먹어치웠다.

지금 가진 몸에 무척이나 만족했지만, 세상일이란 언제 무슨 일이 생길지 알 수 없었다.

"그러니 항상 만일의 사태를 준비해 둬야지."

그랬기에 도철은 사흉수 중 유일하게 놈들의 손에서 도망칠 수 있었다.

적당한 마을이 도철의 눈에 띄었다.

해도 서서히 저물고 있어 더없이 좋았다.

도철은 만면에 미소를 띠고는 천천히 마을 입구로 걸어 들어갔다.

그의 몸에서 검은 기운이 넘실거리며 피어올라, 마치 손과 같이 수많은 사람들을 향해 뻗어갔다.

"응?"

"뭐, 뭐지?"

평온한 일상에서 저녁을 준비하던 마을 사람들은 괴랄한 도철의 모습에 고개를 갸웃거렸다.

검은 기운에 가장 먼저 접촉한 사내 하나가 생기를 모두 빨렸다. 순식간에 비쩍 마른 목내이가 되어버린 것이다.

너무나 비현실적인 모습이었다.

그랬기에 사람들은 순간 무슨 일인지 몰라 멀뚱멀뚱 쳐다보았다. 이윽고 현실을 인식한 순간.

"꺄아아아아악!"

비명이 터져 나왔다.

비명 소리를 듣는 도철의 얼굴에는 희열에 가까운 감정이 떠올라 있었다.

"좋아, 아주 좋아. 크크크."

뒤이어 넘실거리며 흔들리는 기운의 갈래들이 먹이를 찾아 날아들기 시작했다.

그 순간.

붉게 빛나는 도강이 도철을 향해 날아들었다.

"응?"

아무런 낌새가 없다가 갑자기 나타난 공격이었기에 도철은 급히 기운을 회수해 자신을 향해 날아오는 도강을 막았다.

쾅!

요란한 소리가 울렸다.

그와 동시에 홍원이 모습을 드러냈다. 늦지 않게 도철을 찾은 것이다.

그러나 아슬아슬했다.

이 마을을 지나치면 읍성까지는 고작해야 열흘 거리였기 때문이다.

"네놈은 뭐냐?"

갑작스러운 공격에 도철이 사납게 으르렁거리듯 말했다.

"내가 묻고 싶은 말이군. 도대체 네놈은 뭐지, 괴물?"

괴물.

홍원이 떠올릴 수 있는 유일한 말이었다. 몸에서 뻗어 나온 기운이 닿자마자 순식간에 사람을 목내이로 만들어 버리다니.

그 모습에 홍원이 얼마나 놀랐던가.

그리고 흉사의 정체에 대해 비로소 알게 되었다.

결국 저놈 하나가 문제였던 것이다.

오늘 낮에 이 마을에 도착했다. 혹시나 하는 마음으로 기척을 완전히 죽인 후 마을 사람들에 섞여서 무슨 일이 있을까 하고 기다리고 있었다.

딱 하루만 기다린 후 아무 일도 없으면 다음 마을로 가려고 했다.

대체 흉사가 어찌 일어나는 것인지 몰랐기에 한 사람을 구하지 못했다.

홍원으로서도 설마 기운에 닿자마자 순식간에 사람이 목내이가 될 거라고는 상상도 못 했으니까.

그랬기에 기운이 사람들을 향해 뻗어갈 때, 황급히 적도강을 날린 것이다.

워낙 다급했기에 온전한 기운을 싣지 못했다.

그러나 일단 사람들은 살렸다.

"모두 도망치시오!"

도철과 대치한 가운데, 홍원이 내공을 실어 크게 외쳤다.

그제야 홍원의 등장 이후 다시 멀뚱거리며 사태 파악을 못하던 사람들이 비명을 지르며 달렸다.

"꺄악! 괴물이다!"

"도, 도망쳐!!!"

사방으로 다시금 비명이 난무했다.

"쩝, 아깝군."

도철은 그리 중얼거리며 도망치는 사람들을 바라만 보았다.

이런 일은 전에도 한 번 겪었다.

사막 마을에서.

선우예극이라는 자신의 자손에게.

"저것들 일일이 찾아다니면서 먹으려면 시간이 제법 걸리겠어. 아까워."

도철은 자신의 앞을 막은 이를 금세 처리할 자신이 있었다.

갑작스러운 공격이었기에 자신의 기운을 거둬서 막았지만, 선우예극의 공격과 얼추 비슷한 위력이었기 때문이다.

홍원은 가만히 도철을 노려보고 서 있었다.

사람들이 충분히 멀어지길 기다리는 것이다. 온몸이 찌릿찌릿한 것이 보통 상대가 아니었다.

전력으로 부딪혔을 때, 이 마을이 얼마나 파괴될지 알 수 없는 일이다.

거기에 휩쓸릴 사람이 없도록 모두 도망치게 만들었다.

홍원의 기감이 마을을 훑었다.

아직 사람들이 남아 있었다.

"뭘 하는 거지? 가만히 있을 건가?"

도철의 몸에서 다시금 검은 기운이 피어올랐다. 그것은 곧장 홍원을 향해 날아갔다.

그 움직임이 마치 촉수 같다는 느낌도 들었다.

홍원의 손에 들린 흑운이 빠르게 움직이며 도철을 기운을 쳐냈다. 검에 어린 백색 강기가 기운을 쳐내고 있었다.

"어디까지 쳐낼 수 있을까? 킥킥."

기운의 갈래는 점점 늘어났고, 움직임도 빨라졌다.

"조금 전에 봤지? 딱 하나만 닿으면 된다."

어느새 수백 개에 달하는 검은 기운이 홍원을 향해 달려들었다.

홍원은 어느새 단하까지 뽑아 들고 검은 기운의 촉수를 쳐내고 있었다.

이미 홍원은 촉수에 완전히 둘러싸여, 검은 구체 속에 갇힌 것이나 다름없는 상황에서 검과 도를 휘두르고 있었다.

"호오, 제법인데?"

도철은 살짝 감탄했다.

선우예극 때와는 달랐다. 그때와 지금 가지고 있는 기운이 달랐고, 뻗어나간 기운의 수가 달랐다.

그럼에도 옷깃 하나 스치지 못하고 있었다.

홍원은 오롯이 도철의 공격을 쳐내는 데만 집중했다. 그러는 와중에 기감을 넓게 펼쳤다.

이 재미없는 공방이 어느새 일각이 넘는 시간 동안 펼쳐지고 있었다.

'없다.'

일각이라는 짧은 시간이었음에도 사람들이 멀리 도망쳤다.

그만큼 도철이 보여준 광경이 공포스러웠으리라. 아직 완전히 마을을 벗어나지는 못했으나, 적어도 자신과 저 괴물의 싸움의 여파가 미칠 곳 밖으로는 다들 도망쳤다.

그것을 확인하는 순간 도철의 주변에 백검강과 적도강이 형성되었다.

이제 홍원은 굳이 자신의 간격 안에서 백검강과 적도강을 형성하지 않아도 된다. 그저 의지가 미치는 곳에 저렇게 만들어졌다.

어차피 이 기운의 본체는 저 괴물.

저 녀석을 먼저 처단해야 한다.

"응?"

갑자기 허공에 나타나는 검과 도를 발견한 그 순간.

강기로 이루어진 두 병기는 도철을 향해 날아들었다.

"쳇. 귀찮은 재주를 부리는군."

그의 기억 속에 없는 공격 방식이었다. 먼 옛날에 이런 인간 따위는 없었다.

세상에 다시 나온 이후 만난 이 중 가장 강했던 선우예극도 이런 것은 보여주지 않았다.

그랬기에 갑자기 붉은 도강이 날아올 때 얼마나 놀랐던가. 그런 것이 다시 날아들었다.

황급히 기운을 끌어 올려 날아오는 공격을 막았다.

그래도 한 번 겪어봤기에, 그것을 생각하며 검은 기운으로 장벽을 둘렀다.

콰콰쾅!

요란한 폭음이 울리며 도철이 뒤로 주욱 밀려나다 못해 바닥을 뒹굴기까지 했다.

예상하고 대비했던 것과 전혀 다른 위력 때문이다.

그 때문에 홍원을 감싸고 있던 검은 기운들도 사라졌다.

"크윽."

형편없는 모습으로 나동그라졌던 도철은 잔뜩 화가 난 모습으로 몸을 일으켰다.

급하게 날린 적도강과 제대로 준비를 해서 날린 적도강의 위력이 다를 수밖에 없었다.

"이제 제대로 해볼까?"

홍원이 싱긋 웃으며 검과 도로 기수식을 취했다.

어느새 적도강과 백검강이 다시금 나타났다.

이번에는 좌검우도였다.

무유팔절검해의 왼손과 천선의 오른손.

"네놈, 죽고 싶어서 안달이 났구나. 큭큭."

"죽는 건 네놈이다, 괴물."

"아까부터 괴물이라고 하는데, 그런 저급한 놈들하고 본좌를 같이 취급하지 말도록. 본좌는 지고한 흉수, 도철이다."

온몸으로 검은 기운을 뿜어내며 도철이 말했다.

그의 소개에 홍원의 눈이 꿈틀했다.

산인의 예측이 맞았다. 사흉수 중 도철이 수천 년의 시간을 격하고 나타난 것이다.

"어떻게 흉수인 네놈이 이렇게 활보하는 거지? 중심에서 네놈을 찾으려고 주시하고 있을 텐데."

홍원은 산인에게 들었던 내용으로 슬쩍 찔렀다.

중심에서 도철은 나타나지 않았다고 확신하는데 저리 활보하고 다니는 이유가 궁금했던 탓이다.

第七章
무유심법

　홍원의 말에 도철의 얼굴이 급변했다. 순식간에 흉신악살과
도 같이 일그러졌다.

　"네놈! 중심에서 온 놈이더냐!"

　그의 몸에서 흘러나온 기운의 움직임도 격렬하게 변했다. 지
금까지 여유를 가지고 장난치듯 홍원을 상대하던 것과는 전혀
달랐다.

　"글쎄."

　홍원은 피식 웃으며 양손을 휘둘렀다.

　아무리 격렬하고 폭급하게 변했다고 하나 도철의 기운을 쳐
내는 홍원의 움직임에는 아직 여유가 있었다.

　"중심과 무슨 관련이 있는 거냐!!!"

도철이 울부짖듯 소리쳤다.

홍원이 대답해 줄 필요는 없었다.

"나야말로 묻고 싶군. 어떻게 이렇게 활보하는 네놈을 모를 수가 있는지."

그런 홍원의 말이 귀에 들어오지 않는 듯했다.

홍원을 공격하던 기운들이 다시 도철에게로 돌아갔다. 잘게 갈라져서 홍원의 생기를 빨아들이려던 시도를 그만둔 것이다.

"갈기갈기 찢어주마."

도철의 두 눈이 새까맣게 변했다. 더 이상 하얀 부분이 없이 눈 전체가 암흑이었다.

그의 몸에서 네 줄기의 거대한 기운이 홍원을 향해 달려들었다.

홍원은 그 기운들을 쳐냈다.

찌르르 울리는 반동이 제법 묵직했다. 홍원의 눈썹이 꿈틀했다.

내공을 더욱 끌어 올렸다.

두 개의 단전은 끊임없이 서로 순환하며 홍원에게 무지막지한 양의 내공을 전해주었다.

검과 도에 어린 강기가 더욱 영롱히 빛났다. 세상 모든 빛을 먹어치우려는 듯한 도철의 기운을 철저히 막아내고 있었다.

도철이 움직였다.

기운만을 움직여서 상대하는 것을 그만두고 홍원을 향해 달려들었다.

그의 양손은 까맣게 물들어 있었다. 자신의 기운을 덧씌운 것이다.

도철의 양 주먹이 현란한 변화를 일으키며 홍원을 두드렸다. 홍원의 검과 도 역시 현묘한 변화를 만들어내며 맞부딪혔다.

순식간에 수십 합이 지나갔다.

도철의 공격은 양 주먹만이 아니었다. 네 줄기의 검은 기운이 홍원의 등 뒤를 노렸다.

홍원의 감각은 그 모든 것을 감지하고 있었다.

허공에 솟아오른 백검강과 적도강이 도철의 기운을 막아냈다.

그야말로 치열한 공방이었다.

"크아아악! 네놈, 대체 정체가 뭐냐!!!"

도철이 울부짖었다. 그의 외침에 사방의 대기가 떨렸다.

흡사 겁에 질린 듯했다. 정체를 알 수 없는 놈이 자신과 대등하게 싸우고 있었다.

그런데 그놈이 중심을 입에 담았다.

불안할 수밖에 없었다.

중심에서는 절대 모를 것이라 확신하고, 향산 근처를 향해 가고 있던 터가 아니던가.

도철의 기운이 폭발하듯 터져 나왔다.

홍원이 뒤로 주르륵 밀렸다. 현재 가진 바 최고치의 내공을 끌어 올리고 있음에도 밀렸다.

그의 안색이 딱딱하게 변했다.

'한 번에 쏟아낼 수 있는 양에서 밀린다.'

홍원의 판단이었다.

내공을 켜켜이 중첩할 수 있는 충분한 시간이 있다면 모르 겠으나, 지금과 같은 급박한 공방에서는 홍원이 밀렸다.

정확히 한 번에 쏟아낼 수 있는 내공의 양에서 밀렸다.

그렇다고 강환을 만들어낼 여유는 없었다.

지난 수련으로 충분히 현재의 힘을 완숙하게 사용할 수 있 다고 판단했건만, 이런 강적이라니.

흉수라는 존재는 용 그 이상이었다.

"크아아악!"

그런 홍원의 상태를 모르는 도철은 계속해서 울부짖으며 자 신의 모든 힘을 쏟아내고 있었다. 점점 기운의 움직임도 달라 졌다.

콰콰콰쾅!

홍원이 비껴낸 기운이 사방을 두드렸다.

도철은 점점 이성을 잃고 있는 듯했으나, 역설적이게도 그럴 수록 그의 움직임은 정교해지고, 현묘해졌다.

'이건… 분명 북명패황검!'

홍원도 익히 알고 있는 무공이다. 그리고 숭무련에서 선문 강이라는 신분으로 화한 선우문강이 펼치는 걸 겪어보지 않았 던가.

한데 그것과는 전혀 달랐다. 수 차원은 높은 경지의 무공이 었다.

네 개의 기운은 어느새 검의 형태를 띠었고, 도철의 양 주먹도 어느새 검의 형태로 화한 검은 기운을 쥐고 있었다.

"크윽."

홍원이 낮게 신음을 흘렸다. 세 발짝이나 뒤로 밀린 다음이다.

"응?"

홍원이 흘린 신음 소리에 도철이 정신을 차렸다. 잠시간 혼란에 빠져 이성의 끈을 놓고 있었던 듯했다.

도철은 잠깐 손을 멈추는 듯하더니, 금세 현 상황을 인식했다.

"이 정도에 밀린다고? 그렇군. 그래! 네놈은 중심에서 온 게 아니었어! 크하하하!"

자신이 발악하듯 마구잡이로 펼쳐낸 공격에 밀릴 정도면 절대 중심에서 왔을 리가 없었다.

본신으로 돌아가지 않은 현재 상태로 낼 수 있는 힘에는 한계가 분명했다.

게다가 씨앗을 발아하기 위한 정도로만 탐식하지 않았던가.

상황을 인식하자 여유가 생겼다.

도철의 공격은 계속해서 이어졌다. 홍원의 요혈 곳곳을 노리며 검과 기운이 날아들었다.

"응?"

홍원을 공격하는 가운데 도철은 자신의 양손에 들린 검을 인식했다.

"오호."

그제야 자신이 좀 전에 펼쳤던 움직임을 떠올렸다. 이제야 자신이 행한 것을 복기한 것이다.

"그렇군."

도철은 재미있다는 표정이었다.

"허어, 내가 이럴 수 있을 줄이야. 이런 게 인간들이 말하는 기연인가?"

겁에 질려 무아지경에 빠졌던 것이 도철에게 복이 되어 돌아 왔다. 본신으로 돌아가지 않고도 능히 강력한 힘을 손에 넣은 것이다.

홍원은 이를 악물었다.

저놈은 딴생각을 하는 와중에도 홍원을 향해 치명적이고 강 력한 공격을 계속하고 있었다.

홍원은 내공을 더욱 끌어 올렸다. 그러나 한계가 있었다.

단전과 몸을 가득 채운 내공이 있으나 밖으로 폭발해 나오 는 데 한계가 있는 것이다.

그럼에도 계속해서 움직였다.

'해봐야겠군.'

놈을 제대로 상대하려면 강력한 한 방이 필요했다. 홍원에게 그 수단은 강환이었고, 그것을 만들려면 생각보다 시간이 필요 했다.

마음을 하나 더 나눴다.

분심이 다섯이 되었다. 새로이 나눠진 마음은 도철의 머리 위에 의념을 집중했다.

몸 안을 가득 채운 내공이 또 다른 출구를 찾아 몰려 나갔다.

그러는 동안 홍원의 손발이 살짝 꼬이는 듯했다가 금세 평정을 되찾았다.

분심에 집중하며 홍원은 천선심법에 더욱 집중했다.

무유심법을 기반으로 펼치던 무유팔절검해가 천선심법을 입었다.

새하얀 검강이 더욱 영롱하게 빛나며 반투명해졌다.

흡사 성스러움마저 느껴지는 현상이었다.

홍원의 표정이 살짝 변했다.

'뭐지?'

사부에게도 들은 적이 없는 현상이다.

지금까지 무유팔절검해는 무유심법을 기반으로 천선의 기운을 얹어서 펼쳤었다.

본디 사부에게 무유심법과 무유팔절검해를 전수받았기 때문이다.

그런데 천선의 기운을 오롯이 입자 무유팔절검해의 기운이 변했다.

그와 동시에 새로운 초식이 머릿속에 수없이 떠올랐다.

분명 무유팔절검해의 초식이었다. 사부에게 배운 초식 그대로였는데, 모든 것이 새로웠다.

어찌 이럴 수가 있단 말인가.

같은 초식이다. 그런데 새로웠다.

이것이 무슨 조화인지 알 수 없었다.

이번에는 홍원의 차례였다. 겁에 질려 자신을 잊었던 도철과는 달리, 갑자기 머릿속에 무수히 떠오르는 심상에 의해 홍원은 자신을 잊었다.

그럼에도 도철의 머리 위 공중에는 강환이 제 모습을 만들고 있었고, 홍원의 양손은 부지런히 움직였다.

"응?"

도철이 고개를 갸웃거렸다.

반탄력이 달라졌기 때문이다. 지금까지와는 달랐다. 강력하게 쳐내던 것이 사라졌다.

대신 자신의 공격이 힘없이 사그라지는 느낌이었다.

"그럴 리가?"

도철은 기운을 더욱 끌어 올렸다. 어찌 된 일인지 기운의 수발이 더욱 자유로웠다.

북명패황검은 자신이 만든 검법이었음에도 새로웠다.

인간의 몸을 덮어썼기 때문인가? 인간들이 겪는다는 깨달음이 자신에게도 찾아오는 듯했다.

홍원의 단하에도 변화가 생겼다. 붉게 타오르는 듯하던 도강이 영롱이 빛나며 반투명해졌다.

지금까지의 붉은빛과는 다른, 다홍빛을 띠는 듯한 도강이었다.

검과 도의 움직임이 더욱 부드럽고 유려해졌다. 그러면서 동시에 매섭고도 날카로웠다.

일 검, 일 도가 치명적인 곳을 향해 날아왔다.

"크윽, 네 이놈!!"

커다란 도철의 외침과 함께 검은 기운이 홍원을 향해 폭발했다.

콰콰콰쾅!

폭음이 쉼 없이 울렸다.

그러나 홍원의 검과 도는 평온했다. 어지러이 움직이는 현묘한 경로를 따라 거대한 막이 형성되며 도철의 공격을 모두 막았다.

한 발짝도 뒤로 물러서지 않았다.

오히려 적도강과 백검강이 도철의 양팔을 훑고 지나갔다.

"컥."

화끈한 통증이 도철의 머리를 울렸다. 상처에서는 검은 피가 흘러나왔다.

이 몸을 얻고 처음 입은 상처다.

도철이 온몸을 부들부들 떨었다. 통증이라는 것은 생각보다 훨씬 괴로웠다.

'아, 아프다. 아파······.'

수천 년 만에 느끼는 통증은 생경한 감각이었다.

도철의 몸이 부들부들 떨렸다.

그사이 홍원의 검이 다시 한 번 도철의 몸을 훑고 지나갔다. 검은 피가 튀었다.

이번에는 상처가 더 깊었는지 검은 피와 함께 검은 기운이 넘실거리면서 흘러나왔다.

도철이 상대를 해하기 위해 뽑아내는 것이 아니라, 그저 흘러나와 흩어졌다.

"으으으… 아프다고!!!"

도철이 발악하듯 외치며 온몸을 검은 기운으로 둘러싼 채 달려들었다.

그러나 홍원의 강기에 부딪히자 거짓말처럼 기운의 절반이 스러졌다. 이전까지와는 전혀 다른 현상이었다.

서걱.

그리고 날카로운 절삭음이 들렸다.

툭.

도철의 양팔이 바닥에 떨어졌다.

"끄아아아악!"

팔이 잘리는 고통은 이전까지와는 차원이 달랐다.

고통에 몸부림쳤다. 검은 피와 기운이 줄줄 흘러나왔다.

도철은 급속도로 기운이 빠져나감을 느끼고 서둘러 상처를 지혈했다.

그리고 기운을 보내 잘린 부분을 수복하기 시작했다.

검은 기운이 뭉클뭉클 뭉치면서 서서히 팔이 다시 자라나기 시작했다.

기괴하고 괴기스러운 모습이었다.

바닥에 떨어졌던 도철의 양팔은 목내이의 그것처럼 바싹 말라비틀어졌다.

"후우, 후우."

겨우겨우 통증에서 벗어나 깊은 한숨을 몰아쉬던 도철이 고개를 번쩍 들었다. 조금 전 몸부림칠 때 얼핏 눈에 띈 것을 확인하기 위함이었다.

그곳에는 영롱이 빛나는 작은 구슬이 있었다. 절반은 반투명한 백색, 절반은 반투명한 다홍색이었다.

저 빌어먹을 놈의 검과 도에 어린 기운이었다.

'피, 피해야 한다.'

직감적으로 느꼈다.

짐승의 음흉하고 흉험한 속내와 어린아이의 겁 많고 아픔을 싫어하는 성정, 그 두 가지를 모두 지닌 것이 흉수 도철이다.

그 양면의 속내와 성정이 동시에 도철에게 경고했다.

도망가라고.

이를 느낀 순간 도철은 전력을 다해 몸을 날렸고, 그와 동시에 강환이 도철이 있던 곳에 날아들었다.

콰콰콰콰콰쾅!!!

지금까지와는 전혀 다른 폭음이 울렸다.

지진이라도 난 듯 땅이 흔들리고 거대한 구덩이가 파였다. 사방으로 흙먼지가 날아들었다.

"커헉, 헉, 헉, 헉……."

도철이 거친 숨을 몰아쉬었다. 그의 몸은 허리 아래로 절반이 사라져 있었다. 검은 피와 기운이 쉼 없이 흘러나왔고, 그는 극심한 통증에 두 눈을 까뒤집고 있었다.

그 와중에도 도철은 자신의 몸을 수복하는 것을 잊지 않았다. 초인적인 사투였다.

다시금 기괴한 모습이 연출되며 사라진 하반신이 조금씩 다시 만들어졌다.

홍원은 그런 도철의 상태는 관심 없다는 듯 여전히 검과 도를 휘두를 뿐이다. 여전히 무아의 상태였다.

검환을 날린 이후에도 홍원은 여전히 검과 도를 휘두르고 있었다.

천선심법을 기반으로 한 무유팔절검해는 이전의 그것과 완전히 같았으나, 또한 완전히 달랐다.

거기에 더해 단하가 만들어내는 천선의 움직임까지.

그야말로 환상이었다.

도철은 자신의 몸을 수복하면서 그런 홍원의 상태를 읽었다.

'크윽, 저놈은 지금 제정신이 아니야.'

불에 지지고 소금에 절인 듯한 고통이 머릿속을 꿰뚫는 와중에도 도철은 하반신의 재생에 전력을 쏟았다.

이미 다음 행동은 결정한 상태다.

'놈이 제정신을 차리기 전에 자리를 피해야 한다.'

그랬다.

지금 저런 홍원에게 덤벼봐야 자신이 패할 뿐이라는 것을 절실히 느꼈다.

언제 만들었는지 알 수도 없는 기운의 덩어리 한 방에 이런 큰 피해를 입었다. 더군다나 제정신이 아닌 상태에서 휘두르는 검과 도를 뚫을 수가 없었다.

오히려 자신이 상처 입을 뿐이다.

이런 상대는 건드리는 것이 아니다. 그저 도망만이 살길이었다.

설마 한낱 이런 인간이 두려워 피하게 될 줄은 도철로서는 상상도 못 한 일이다.

그러나 이미 벌어진 일이다. 어떻게든 살아야 했기에 도철은 식은땀을 흘린 채 하반신의 재생에 그야말로 전심전력을 다했다.

어느새 무릎 어림까지 다시 재생이 되었다.

"크윽, 제발. 빨리, 어서."

스스로 기운을 움직이면서 답답했는지, 자신의 두 다리를 보고 간절하게 중얼거렸다.

홍원이 언제 제정신을 차릴지 알 수 없는 노릇이었기에 더욱 절박했다.

도철은 생에 대한 집착이 강하다.

사흉수 중 가장 강했다. 그랬기에 다른 흉수 셋이 봉인될 때 홀로 도망칠 수 있었고, 수천 년을 숨죽여 숨어 있었다.

그리고 이천 년의 세월에 이르는 장대한 계획을 실행하지 않았던가.

지금과 같은 상황에서의 도주는 도철에게 부끄러울 것도, 수치스러울 것도 없었다. 그저 자신이 무사하기만을 간절히 바랄 뿐이다.

그런 도철의 바람이 통했는지 어느새 발목까지 재생이 완료되었다.

"조, 조금만 더."

그 간절함은 어느새 통증마저 잊게 만들었다. 재생이 진행됨에 따라 통증이 줄어든 영향도 컸다.

이윽고 두 다리가 완성되었다.

당연히 아무런 의복이 없는 나신이었다. 흉물스러운 남성의 상징을 덜렁거리며 도철은 몸을 일으켰다.

홍원은 여전히 무아의 상태였다.

"네놈, 두고 보자!"

그리 말하는 도철의 두 눈은 흉흉하게 변했다. 이제 도망칠 수 있는 상황이 되자 표정부터 달라졌다.

그 말을 남기고 도철은 미친 듯이 달렸다. 저놈이 언제 정신을 차릴지 알 수 없는 노릇이다.

도철은 읍성을 향해 전력으로 달렸다.

어서 씨앗을 발아시키고 다른 곳으로 피해, 탐식을 해야 했다. 힘을 모으고 모아서 이 빌어먹을 놈에게 복수를 해야지.

그렇지 않아도 선우평이라는 이놈이 간절히 바라는 곳이 한 곳 있었다.

마지막에 잡아먹지 못했던 그 자그마한 기운. 그것이 끊임없이 의지를 보이고 있었다.

'경천회라고 했지. 이 더러운 기분을 그곳에서 처참하게 풀어주마.'

홍원에게 당한 복수를 선우평이 남긴 그 자그마한 기운에게 하려 하는 것이다.

도철이라는 흉수답게 치졸한 모습이었다.

도철이 떠난 후에도 홍원의 검무와 도무는 멈추지 않았다.

그 자리에서 계속해서 그렇게 휘둘렀다. 도철이 사라진 것도 전혀 느끼지 못했다.

온갖 것이 새롭게 다가왔다.

대체 이게 어찌 된 조화일까? 사부의 무공을 다시 처음부터 돌아보며 검을 휘두르고 도를 뻗었다.

무아의 상태에서 홍원은 자신의 무공을 전부 처음부터 다시 쌓아올렸다.

홍원은 자신이 어떤 상태인지 인식조차 하지 못하고 있었다. 심상 속에서 노도와 같이 몰려오는 무공의 새로운 경지에 젖어 들었다.

홍원은 심상 속에서 사부를 다시 마주하고 있었다.

자신은 아직 사부의 가르침을 제대로 이루지 못했다. 천선에만 너무 매달려 있었다.

무유팔절검해에 이런 오의가 숨어 있었을 줄이야.

문득 유검에게 자신이 가르친 무유팔절검해가 부끄럽기까지 했다.

사부가 숨겨서 찾게 했던 천선.

그 천선의 의미는 천선이라는 무공만이 아니라, 천선심법에도 있었다.

사부는 천선을 익히며 무유팔절검해를 새로이 해석하여 재정립한 것이다.

무유심법을 다시 살피기 시작했다.

천선을 처음 얻고 내린 판단은 무유심법은 천선심법의 일부로 만들어진 심법이라 여겼다.

실상은 그것이 맞았다.

다만 천선심법과 무유팔절검해를 조합해 본 결과, 전혀 다른 새로운 무공이 나타났다.

모든 움직임과 검로, 초식이 분명 무유팔절검해 그대로였으나, 또한 전혀 달랐다.

이 모순적인 무공이라니.

그렇다면 무유팔절검해만 그런 것이 아닐 것이다.

홍원이 아는 사부라면, 분명 무유심법도 그냥 무유심법이 아닐 것이다.

홍원은 무아의 지경이 만들어낸 심상 속에서 무유심법의 심오함 속에 다시 빠져들었다.

천선심법을 기반으로 무유팔절검해를 펼쳤을 때 변화를 느꼈다. 그렇다면 이번에는 반대로 해보았다.

무유심법을 기반으로 천선을 펼친 것이다.

당연히 안 될 일이라 생각하고 지금까지 단 한 번도 생각조차 안 한 일이다.

천선을 위해 만들어진 심법이 천선심법이었으니까.

그러나 무유심법 속에 침잠해 들어가 보니 될 것 같았다. 아니, 된다는 확신이 생겼다.

비록 심상 속이었지만, 천선을 아무 무리 없이 펼칠 수 있었다.

그렇게 펼친 천선은 천선이었으되, 천선이 아니었다.

심상에 빠져든 홍원의 몸이 펼치는 검무에 다시금 변화가 생졌다. 현재 홍원의 의식은 없는 상태였다. 무아지경에 빠져 심상 속에서 무공의 세계에 허우적거리는 중이었다.

그럼에도 홍원의 몸은 홍원이 심상에서 펼치는 무공대로 움직였다.

그렇게 폐허로 화한 마을에서 홍원은 무유심법과 천선을 펼쳤다.

무유와 천선.

그것은 무유가 천선의 일부분인 단순한 것이 아니었다.

아니, 시작은 그렇게 단순했을 것이다.

그러나 무유검선 백리평, 홍원의 사부가 그렇지 않게 바꿔놓았다.

꼬박 하루가 지난 후에야 홍원은 멈췄다.

그의 몸은 이미 땀과 노폐물로 흠뻑 젖어 있었다.

두 눈을 떴다.

도철은 이미 사라진 지 오래였다. 그리고 주변은 홍원이 뿜어낸 기운 때문에 초토화되었다.

마을의 절반이 사라졌다.

사람들이 도망친 후 도철과 싸운 선택이 탁월했다. 그러지 않았으면 도철이 아니라 오히려 홍원의 손에 무수한 사상자가 났을지도 모를 일이었다.

"사부님……."

홍원은 낮게 읊조렸다.

그렇게 깨달음의 여운에 젖어 있던 홍원이 이내 정신을 차리고 주변을 둘러보았다.

없었다. 도철이 없었다. 기감을 넓혀보았으나 느껴지지 않았다.

거대한 구덩이는 검환이 사용된 흔적만을 보여주었다. 검환에 완전히 소멸되었을 가능성은 없었다.

자신이 도철을 처리했다면 시체라도 남아 있어야 하건만 없었다.

홍원이 의도치 않게 자신도 모르게 무아지경에 든 틈에 도주한 것이다.

"이런……."

깨달음의 여운에서 벗어나자마자 홍원의 얼굴이 일그러졌다. 지금 바로 명상에 들어 이 여운을 정리하면 다시 한 번, 한 단계 더 높은 경지에 오를 수 있었다.

그러나 그럴 수가 없었다. 그래서도 안 된다.

도철이 가려던 곳이 어디던가.

자신이 어떻게 이곳에서 도철을 만날 수 있었던가.

얼마나 무아지경에 들었는지도 알 수 없었다.

"서둘러야 한다."

홍원은 바로 땅을 박찼다. 부디 도철이 읍성에 닿기 전에 자신이 먼저 그 뒤를 잡기를 간절히 바랐다.

이를 악물었다. 전력으로 경공을 펼쳤다.

그 순간 홍원의 머릿속에 천선문의 무공이 좌르르륵 펼쳐졌다.

능풍만리행.

은월의 특기이자, 천선문에서 가장 빠른 경공이었다. 어느새 홍원은 능풍만리행의 구결에 따라 몸을 움직이고 내공을 운용했다.

그렇게 온 힘을 다해 달리기 시작했다.

'제발…….'

홍원에게서 도망친 도철은 바로 근처의 작은 마을에 도착했다.

이전의 마을에서 도망친 사람 몇몇이 도착해 있었다.

도철은 지체하지 않았다. 자신의 기운을 뽑아내 마음껏 탐식했고, 다시 옷을 갖췄다.

그리고 탐식이 끝나자마자 치달렸다.

그가 향하는 곳은 읍성이었다. 향산 근처라 조심해야겠다는 생각 따위는 들지 않았다.

어서 읍성에서 볼일을 마치고 떠나야겠다는 생각이 들었다. 지금으로서는 그 괴물을 감당할 수 없으니 최대한 멀어져야 했다.

한편 읍성에 도착한 선우강후는 지체하지 않고 홍원의 집을 찾았다.

수많은 무사가 근처에 있었기에 은밀히 살폈다.

홍원은 볼 수 없으나 묘한 안도감이 생겼다. 이곳에 있으면 그 괴물이 오더라도 안전할 것이다.

홍원은 선우강후 자신이 아닌, 홍원 자신의 가족들을 지키기 위해 싸울 테니까.

그저 그 가족들 근처에 조용히 웅크리고 있으면, 자연스레 홍원의 우산 아래 들어갈 수 있으리라.

그리 판단한 선우강후는 조용히 홍원의 집에서 가까운 곳에 위치한 빈집에 값을 치르고 자리를 잡았다.

그는 조용히 지냈다. 눈에 띌 것도 없었다. 그랬기에 사람들은 그 빈집에 누군가 살기 시작했다는 것도, 그저 연기를 보고 알았을 뿐이다.

"후우, 모든 것이 무상하구나……."

며칠이 지나 나름 읍성의 생활에 적응을 하며 선우강후는 힘없이 중얼거렸다.

천 년의 비원을 이루고 다시금 중원의 황제로 복귀할 날이 머지않았다 생각했건만.

모든 것이 틀어졌다. 아니, 철저히 망가졌다.

아버지도 돌아가셨고, 아들은 괴물에게 먹혔다. 그의 지난 인생이 모두 사라져 버린 느낌이었다.

"큭큭큭. 무상하지, 무상해."

그때 한쪽에서 들려오는 목소리에 선우강후의 몸이 딱딱하게 굳었다.

절대 잊을 수 없는 목소리였다.

당연했다. 자신의 아들의 목소리 아니던가. 어느 아비가 아들의 목소리를 잊을까.

다만 현재 그의 아들은 사람이 아닌 괴물이었다. 그것도 자신의 아비를 죽인 괴물.

자신이 도망쳐 온 괴물.

그 목소리가 지금 자신의 보금자리에서 들렸다.

선우강후는 부들부들 떨면서 소리가 들린 쪽으로 고개를 돌렸다.

"크윽."

신음이 절로 흘렀다. 그곳에 그가 있었다.

아들의 몸을 뒤집어쓴, 괴물 흉수가 있었다.

그 무렵 단리유화와 곡비연은 홍원의 집에 있었다. 홍해와 시간을 보내기 위해 온 것이다.

그런 세 사람을 지켜보며 마당 한쪽에서 하품을 하던 묵린이 갑자기 몸을 일으켰다.

근처에서 어마어마한 존재감이 느껴졌기 때문이다.

도철이 씨앗을 발아시키기 위해 흘린 기운이다.

홍원 때문에 어마어마한 기운을 소모했다. 덕분에 딱 발아시킬 정도의 기운만 남았다.

속전속결로 끝내고 떠나리라.

"으으… 으아악!"

도철의 몸에서 뭉클거리며 검은 기운이 솟아나자, 겁에 질린 선우강후가 비명을 질렀다.

저 기운에 당한 자신의 가솔들의 모습이 떠오른 것이다.

갑자기 터져 나온 비명에 마당에 있던 홍해의 고개가 돌아갔다.

"응? 비명 소리 아니에요?"

홍해의 물음에 두 사람은 고개를 끄덕였다.

"이곳에서 무슨 일이지?"

작고 평화로운 읍성이다. 홍원의 가족을 지키기 위해 경천회의 무사들이 상주한 이후로 더욱 평화로웠다.

그런 곳에서, 그것도 홍원의 집 근처에서 비명이 울려 퍼졌다는 것은 보통 일이 아니었다.

이미 경천회의 무사들이 비명이 들린 곳으로 움직였다.

"홍해야, 꼼짝 말고 집에 들어가."

궁금하다는 듯 막 집을 나서려고 움직이는 홍해의 양어깨를 붙잡은 곡비연이 진지한 얼굴로 말했다.

"하지만……."

"비명이 울린 곳에 호기심 같은 걸로 가고 하는 게 아니야. 언니가 살펴보고 알려줄 테니까 어서 들어가."

무겁고 진지한 곡비연의 말에 홍해는 고개를 끄덕이고는 방으로 들어갔다.

"그럼, 단리 언니. 부탁드려요. 제가 다녀올게요."

현재 읍성에서 가장 강한 이는 단리유화였다. 그랬기에 곡비연은 그녀에게 이곳에 남아 있기를 말했다.

사정은 자신이 알아오면 될 일이다.

곡비연이 빠르게 움직였다. 단리유화는 가만히 기운을 끌어올려 마당에 굳건히 섰다.

묵린이 그 곁으로 다가왔다. 어느새 귀를 쫑긋 세우고 두 눈을 형형히 빛내고 있었다.

"뭐, 뭐야!!!"

먼저 도착한 경천회의 무사는 깜짝 놀랐다. 한 사내의 몸에서 검은 기운이 넘실거리며 솟아나 있었기 때문이다.

"응?"

한데 그 무사들 중 한 명이 그 사내를 알아보았다.

"대공자!!!"

갑자기 들린 외침에 도철의 고개가 그쪽으로 돌아갔다. 선우강후는 도망가야 한다고 절실히 생각하고 있지만, 이미 호랑이 앞의 강아지처럼 온몸이 굳어버렸다.

"응? 이 몸을 아는 이가 이곳에도 있던가?"

귀찮아졌다. 아직 모든 기운을 모으지 못했건만 저놈이 지른 비명에 사람들이 모여들고 있었다.

기운의 소모만 없었다면, 이곳을 자신의 영역으로 결계를 치고 일을 진행했을 터인데. 이 모든 것이 그 괴물 때문이다.

第八章

읍성흉사

그즈음이었다.

산인은 걱정 어린 기색으로 명상을 하다가 도철의 기운을 느꼈다.

"어떻게!"

그야말로 깜짝 놀랐다. 그 기운이 느껴지는 곳의 위치가 읍성이 아니던가.

홍원이 한번 알아보겠다고 떠났건만, 홍원은 어찌 되고 대신 도철이 읍성으로 온 것인지.

지체할 시간이 없었다.

산인은 그 즉시 전력을 다해 달렸다. 산의 길에 순간 일진광풍이 휘몰아쳤다.

북면의 한 곳에 위치한 그의 초옥에서 읍성까지의 거리는 절대 가깝지 않았다. 그랬기에 전력으로 경공을 펼쳤다.

그가 오른 경지에서 그야말로 혼신의 힘을 다한다면 읍성까지는 일각(약 15분) 정도 걸렸다.

가히 축지술에 버금가는 속도였다.

그러나 그럼에도 산인의 얼굴은 딱딱했다. 그놈이 정말 도철이라면, 마음만 먹는다면 읍성의 모든 사람을 몰살시키기에 충분할 정도로 긴 시간이었다.

일각이란 시간은.

그랬기에 산인은 정말로 간절한 마음으로 절박하게 치달렸다.

"대공자, 대체 이게 어찌 된 일입니까? 지금 그 기운은 무엇이고요? 말씀도 없이 갑자기 사라지셔서 저희가 얼마나 걱정한 줄 아십니까?"

선우평, 아니, 사도평을 알아본 경천회의 무사가 도철에게 다가갔다.

그들의 기억에 있는 사도평은 소탈하고 공명정대하며 훌륭한 인품의 무인이었으니까.

갑작스레 나타나 저 불길한 기운을 뿜어내는 것이 이상할지언정, 그간 사도평이라는 인물에 대한 경험 때문인지 큰 경계 없이 도철에게 다가간 것이다.

이 몸을 아는 이가 있던가라는 이상한 말에도 무사가 도철에게 다가가는 데는 주저함이 없었다.

"이 몸을 아는가?"

도철이 자신을 향해 다가오는 무사를 향해 다시 물었다. 그 물음에 무사는 답답하다는 얼굴을 했다.

"무슨 말씀이십니까? 저희가 어찌 대공자를 모르겠습니까? 무려 경천회주님의 대제자인 분을요."

주변에 모여든 경천회의 무사들 중 몇몇은 고개를 갸웃거렸다. 도철의 물음의 의미에서 이상한 부분을 느낀 것이다.

이 몸을 아냐고 물었다. 나를 아냐고 물은 것이 아니라.

흡사 다른 사람의 몸을 뒤집어썼다는 듯한 물음 아니던가.

그것을 가장 먼저 깨달은 무사가 외쳤다.

"멈춰!"

그러나 이미 그는 도철의 지척에 있었다.

"경천회라……."

이 몸의 주인이 그토록 간절히 바라는 곳 아니던가. 아주 작은 기운의 조각으로 남아서까지 바라마지 않는 곳.

"반갑군."

도철이 히죽 웃으며 그 무사의 얼굴을 움켜쥐었다.

"이, 무슨!"

그 행동에 무사는 깜짝 놀라 무어라 입을 떼려 했지만 그러지 못했다.

도철이 그의 생기를 순식간에 빨아 먹어버린 것이다.

"헉!"

"뭐, 뭐야!"

대경한 소리가 사방에서 터져 나왔다. 선우강후는 그 모습에 온몸을 부들부들 떨 뿐이다.

저치들은 모른다.

저 검은 기운에만 닿아도 저리 된다는 것을 말이다. 어떻게든 이곳에서 벗어나려 하건만, 몸에 힘이 들어가지 않았다.

자신의 몸이건만, 자신의 몸이 아닌 듯 타인에게 지배당하는 듯한 감각이었다.

"전투 대형으로 산개해! 저놈은 대공자가 아니다!"

가장 먼저 동료를 말리려 했던 무사가 큰 소리로 외쳤다. 다들 깜짝 놀라 얼이 빠져 있는 와중에 재빨리 정신을 차린 이였다.

챙, 채챙!

검을 뽑는 소리가 울려 퍼졌다. 다들 긴장한 얼굴로 도철을 둘러쌌다.

"놈은 흡성대법을 쓰는 듯하다. 절대 닿지 않도록 조심해라."

목내이처럼 말라비틀어진 채 생을 다한 동료의 시신을 가슴 아픈 눈으로 바라본 무사가 말했다.

그들은 몰랐다.

몸에 닿지 않는 것만으로 되는 게 아니라는 것을.

선우강후는 그 사실을 알려주고 싶었지만, 입마저도 옴짝달싹 못했다.

도철은 자신을 둘러싼 무사들의 모습에 혀로 입술을 살짝 핥았다. 먹음직스러운 녀석들이다.

좀 전에 먹어치운 녀석의 기운이 제법이었다.

무공을 익힌 이들과 보통 사람들은 그 기운이 달랐다.

'이놈들이라면⋯⋯.'

제법 도움이 될 것 같았다.

다만 발아를 위해 기운을 모으고 있었기에, 직접 놈들과 접촉을 해야 한다는 것이 걸릴 뿐이다.

검을 뽑고 대치를 하고 있건만 섣불리 달려들지 못했다. 조금 전에 보여줬던 그 충격적인 모습도 있었고, 얼굴 때문이기도 하다.

대체 무슨 일이 어찌 된 것인지 알 수 없지만, 저 모습은 분명 경천회의 대공자 사도평이 맞았다.

경천회의 무사들 중 한 명이 빠른 속도로 장내를 벗어났다. 소식을 전하기 위해서였다.

이제 곧 증원이 이루어질 것이고, 경천회로 전서응을 날려 보낼 것이다.

곡비연이 현장에 도착한 것은 이때쯤이었다.

"이게 무슨 일이지?"

옆집의 지붕에 사뿐히 올라서서 현재 상황을 살폈다.

이미 주변의 사람들은 도망친 지 오래다. 비명 소리가 들려오고 경천회의 무사들이 나타났을 때 모두 도망갔다.

호기심에 구경할 법도 하건만 무림인들의 싸움이라 직감한 이들은 재빨리 달아난 것이다.

곡비연의 눈에 가장 먼저 들어온 것은 검은 기운이었다. 그리고 그 기운을 뿜어내고 있는 인물.

"사도평."

하오문의 요직에 있었던 그녀답게 대번에 사도평의 얼굴을 알아보았다.

이어진 시선에 목내이처럼 비쩍 말라비틀어진 시신이 하나 있었다.

"설마?"

그녀는 금세 상황을 파악할 수 있었다.

그렇잖아도 하오문 지부를 통해서 사막부터 숭무련의 영역까지 이어진 흉사에 대해 듣지 않았던가.

아무래도 사도평이 그 원흉인 듯했다.

"어떻게 이럴 수가……."

곡비연이 허탈한 얼굴로 중얼거렸다.

그때.

드디어 경천회의 무사들이 일제히 움직였다. 검진을 만들어 각자의 방위를 밟으며 도철을 향해 짓쳐 들었다.

챙! 채챙! 채채챙!

도철의 손과 검이 부딪혔는데 쇳소리가 울렸다.

무사들은 이를 악물었다. 일단 이놈을 제압해야 했다. 그래야 어찌 된 연유인지 알 수 있었다.

어떻게 사도평의 모습을 하고서 흡성대법을 사용하는지 말이다.

그들도 풍문으로 사막에서부터 시작된 흉사에 대해 알고 있었다. 오늘 모습에서 설마 이자가 그 원흉일까란 생각도 했기에 더욱 치열하게 검을 휘둘렀다.

그러나 어느 누구 하나 도철에게 상처를 입히지 못했다.

덥석.

그중 한 명이 순식간에 도철에게 잡혔다.

그러고는 이내 목내이로 화했다.

"저, 저, 저……"

곡비연은 두 눈을 부릅떴다.

저리 쉽게 한 사람이 목내이가 되어버리다니. 쓰러진 시체를 보고 짐작하는 것과 그 과정을 직접 보는 것은 전혀 달랐다.

"크윽!"

경천회의 무사들은 침음을 흘렸다.

한 명이 쓰러지자 진이 삐걱거리기 시작했다. 인원수에 맞춰 검진을 변형했으나 확실히 조금 전보다 위력이 떨어졌다.

그때부터는 일방적이었다.

도철은 자신의 기운을 뽑아내지 않고, 오히려 발아를 위한 기운을 모으는 한편 몸을 직접 움직여 경천회의 무사 한 명, 한 명을 먹어치웠다.

그럴수록 도철의 움직임은 더욱 빨라졌다.

무인들의 기운이 그의 기운을 보충해 준 덕이다.

곡비연은 멍하니 그 모습을 지켜보고만 있었다. 온몸이 부들부들 떨렸다.

과연 저런 괴물을 어떻게 상대해야 할까?

'단리 언니라면?'

잠깐 단리유화를 떠올렸던 곡비연은 머리를 세차게 저었다. 안 될 것 같았다.

오직 한 명.

홍원만이 저 괴물을 상대할 수 있으리라. 그런데 그는 지금 읍성에 없었다.

절체절명의 위기였다.

그런 곡비연의 눈에 한 사람이 띄었다. 지금 이곳으로 아무것도 모른 채 걸어오고 있었다.

이미 일방적인 탐식이 시작되면서, 병장기 소리도 비명 소리도 잦아들었다.

그랬기에 아무것도 모르는 것이리라.

학관이 파한 후, 부족한 공부를 도와달라는 친구 아연의 부탁에 그녀의 집으로 향했던 홍산이다.

이 길이 하필이면 아연의 집에서 홍산의 집으로 오는 가장 빠른 길이었다.

도망친 사람들은 이미 다른 집으로 꼭꼭 숨은 후다.

홍산이 이곳으로 향한 때가 참으로 공교로웠다. 큰 소란이 잦아든 채, 평소와 다를 바 없는 길이 된 후에 들어선 것이다.

평소와 다른 것은 있었다.

무겁게 내려앉은 공기가 숨을 막히게 했다.

하지만 과연 홍산이 그런 분위기를 읽을 수 있을 것인가? 아니었다. 그랬기에 홍산은 평소와는 무언가 다른 것 같다는 생각에 고개를 갸웃거리며 계속해서 걸음을 옮겼다.

그러던 차에 지붕 위의 곡비연과 눈이 마주쳤다.

반가운 마음에 손을 흔들려던 홍산은 평소와는 달리 심각한 그녀의 얼굴에 걸음을 주춤거렸다.

무슨 일이 있는 것 같았다.

"저쪽입니다!"

그때 경천회 무사들의 외침이 들렸다.

그즈음, 검진을 구성하는 무사들 중 절반이 목내이가 되었다.

"으… 으… 으악!!!"

그 지경이 되니, 결국 공포를 참지 못하고 비명을 지르는 이가 생겼고, 홍산은 그 소리에 놀라 멈췄다.

"시끄럽군."

도철이 나른하게 말했다. 절반을 먹어치우면서 생각보다 많은 힘을 회복했다.

결계로 격리시키지는 못하더라도 이곳을 정리하는 데는 문제가 없었다.

두 개의 촉수와도 같은 기운이 솟아올랐다.

그 모습에 선우강후는 두 눈을 치떴다. 악몽과도 같은 그때가 머릿속에 주마등처럼 스쳐 지나갔다.

자신의 의지와는 상관없이 몸이 잘게 떨렸다.

두 개의 촉수는 즉시 날아가 두 명의 무사에게 달라붙었다.

"크윽."

"이, 이게."

갑작스러운 불길한 기운에 두 사람은 놀랐으나, 그것은 그들이 이 세상에 남긴 마지막 음성이었다.

빠른 속도로 그들은 말라갔다.

손으로 직접 접촉했을 때와 비교하면 느렸지만, 그렇다 해도 어마어마한 속도로 두 사람을 목내이로 만들어 버렸다.

"좋아. 아주 좋아, 크크."

나른한 목소리로 말하는 도철의 얼굴에 웃음이 떠올랐다.

이렇게 많은 무인들을 탐식한 것은 처음이었다. 그 효율이 보통 사람들에 비할 바가 아니었다.

발아를 위한 기운도 순조롭게 형성되고 있었다. 이제 곧 마무리가 될 것 같았다.

한 번 맛을 보니 그냥 바로 뜨기가 아쉬웠다. 마침 지붕 위의 계집도 그렇고 이쪽으로 달려오고 있는 녀석들도 있었다.

딱 거기까지만 먹어치우고 발아를 시키고 떠나면 되리라.

"경천회라, 크크. 꼭 가봐야겠군."

무인들은 아주 맛있었다.

도철의 기운이 다시 움직였다. 연이어 무사들을 먹어치웠다. 현재 상황에서 단 두 개의 촉수만 사용할 수 있었지만 그걸로 충분했다.

순식간에 그 자리에 있던 모든 무사들을 먹어치웠다.

홍산 역시 그 모습을 보았다.

"어, 어어……"

두려움이 가득한 눈으로 온몸을 부들부들 떨고 있었다.

"그렇군. 너희도 있었지, 크크."

두 개의 기운이 각기 홍산과 곡비연을 향해 날아갔다. 그 순간 곡비연은 지붕을 박찼다.

그녀의 장기가 경공이었기에 순식간에 홍산에게 도착했다.

곡비연을 노렸던 기운은 애꿎은 지붕에 꽂혔고, 홍산을 노리던 기운은 오히려 곡비연의 왼팔에 부딪혔다.

"누, 누님……"

홍산은 그 모습에 대경했다. 저 검은 기운이 달라붙은 후 사람이 어찌 되는지 보았기 때문이다.

곡비연은 망설이지 않았다. 순식간에 검을 뽑아 자신의 왼팔을 자른 후 홍산의 옆구리를 잡아채고는 재빨리 뒤로 물러났다.

비쩍 마른 팔 한쪽이 검은 기운에 매달린 채 바닥에 툭 떨어졌다.

"크윽!"

곡비연의 입에서 신음 소리가 흘러나왔다.

"곡 누님!"

홍산이 눈물이 그렁그렁한 채 외쳤다. 곡비연은 재빨리 혈을 점해 지혈을 시행했다.

왼팔의 팔꿈치 윗부분만 애처롭게 남아 있었다.

곡비연은 지금 통증조차 느끼지 못하고 있었다. 팔을 자른 것은 그야말로 임시방편일 뿐이다.

여전히 저 괴물은 자신들의 앞에서 잔혹한 미소를 짓고 있었다.

'이대로는 모두가 끝장이야…….'

곡비연의 두 눈이 잘게 떨렸다.

경천회의 무사들이 도착한 것은 그때쯤이었다.

"이, 이게……."

지원을 온 무사들의 숫자는 많지 않았다. 그럴 수밖에 없었다. 이들이 읍성에 와 있는 목적은 홍원의 가족들을 지키기 위해서였다.

읍성에서 큰일이 벌어졌는데, 홍원의 집을 비울 수 없었다. 오히려 소식이 전해진 후 남은 무사들의 팔 할은 홍원의 집으로 달려갔다.

그리고 집 주변을 촘촘히 에워싸며 방어선을 형성했다.

어느새 단리유화는 지붕에 올라가 이곳을 바라보고 있었다. 그녀는 입술을 깨물었다.

집에는 홍원의 어머니와 홍해가 있다. 그리고 저곳에는 홍산과 곡비연이 있다.

그 전에 저런 괴물을 어떻게 상대해야 할까.

"호? 제법 재빠른 데다가, 판단도 좋아."

도철이 곡비연을 보며 말했다. 그러고는 주변을 둘러보았다. 다시 먹음직한 녀석들이 몰려들었다. 아주 좋은 일이다. 그런 그의 두 눈이 지붕에 올라 있던 단리유화와 마주쳤다.

대번에 느낄 수 있었다.

"아주 맛있을 거 같아."

두 개의 촉수가 하나로 합쳐졌다. 대신 훨씬 길어져서 단리유화를 향해 날아갔다.

그녀는 이미 그것에 닿은 곡비연의 팔이 어떻게 되었는지 보았다.

두 주먹에 뇌기가 몰려들었다.

홍원과의 수련은 그녀의 권강에 뇌기를 만들 수 있게 해주었다. 묵천붕뢰권을 펼치며 일어나는 뇌기가 아닌, 그녀의 의지로 만들어낸 뇌기.

그냥 보아도 저 검은 기운은 불길하고 사이하다.

화기와 뇌기는 사특한 것들을 물리치는 힘이 담겨 있지 않던가.

쾅! 쾅!

단리유화가 주먹으로 후려치자 도철의 기운이 튕겨 나갔다. 그녀의 기운을 흡수하지 못한 것이다.

"호오? 제법?"

지금 도철의 힘이 많이 줄어들었다 하나 이렇게 자신을 상대할 수 있는 사람이 또 있을 줄은 몰랐다.

게다가 뇌기를 머금은 강기에 부딪히니 찌릿찌릿한 통증도 느껴졌다.

"응?"

그때였다.

발아를 위한 기운이 모두 모였다.

"일에는 선후가 있는 법이지."

도철의 기운은 다시금 근처로 돌아와 둘로 갈라졌다. 탐식을 멈춘 채 주변의 무사들을 견제했다.

자신의 기운을 막아낼 수 있는 여인이 있다는 것을 알게 된 이상 신중해야 한다.

발아는 또 하나의 자신의 씨앗을 싹틔우는 것이다. 즉, 여벌 목숨을 만들어두는 것이다.

도철은 완성된 기운에 자신의 진체의 일부를 밀어 넣었다. 선우평이 남긴 그 작은 기운 중 일부도 섞여 들어갔다.

그것을 느낀 도철이 얼굴을 찡그렸다. 저것은 대체 무엇이기에 이렇게 찝찝하게 움직인단 말인가.

도철은 그렇게 만들어낸 검은 기운을 작은 구슬로 응축했다.

칠흑의 구슬.

악의가 넘실거리고 있었다.

도철이 손을 휘둘렀다. 흑옥은 그대로 선우강후를 향해 날아가 단전에 박혔다.

"크아아악!!!"

온몸을 불태우는 듯한 고통에 선우강후가 비명을 질렀다. 뇌기에 명중된 사람처럼 온몸을 퍼드덕거리며 고통스러워했다.

도철은 그 모습을 보며 빙그레 웃었다.

고통에 몸부림치던 선우강후는 정신을 잃었다.

사람들은 침을 꿀꺽 삼키며 그 모습을 바라보았다. 목내이로 만들어 버리거나, 저런 지옥의 고통을 주거나.

놈은 악마였다.

도철은 만족했다. 이곳에 온 목적은 모두 이루었고, 다행히 중심은 여전히 자신을 감지하지 못하고 있었다.

이제 이곳에 모인 무인들을 먹어치우고 떠나면 될 일이다. 아주 먹음직스러운 여인까지 있지 않은가.

제법 반항을 할 것 같지만 상관없었다. 이곳에서 흡수한 무인들의 기운이 아직 제법 있었다.

"자, 그럼 계속해 볼까?"

순식간에 도철의 촉수가 여덟으로 늘었다.

발아를 위한 기운을 모을 필요가 없으니 운신이 더욱 폭 넓어진 것이다.

다만 현재 그는 상당한 힘을 소모했기에 이 정도가 한계였다.

'이놈들을 먹어치우는 데는 아무 문제 없지, 크크.'

지붕 위의 계집이 조금 걸리적거릴 것 같았지만, 아래에 있는 무사들을 먼저 먹어치우면 상당량의 기운이 더 모일 것이다.

그러면 아무 문제 없다.

그 후에 곧장 이 불길한 곳을 어서 떠나야 한다. 중심에서 아무런 반응이 없다고 해도, 향산 근처에 있는 것은 확실히 찝찝했으니까.

갑작스레 수효가 늘어난 검은 기운의 촉수를 보며 사람들은 잔뜩 긴장했다.

그 모습이 도철의 기분을 더욱 좋게 했다.

"그럼 어디……"

막 도철이 입을 여는 순간, 강한 바람이 불며 장내에 한 노인이 모습을 드러냈다.

평범한 장검을 허리에 맨 노인이었다.

노인은 주변을 둘러보고는 인상을 썼다.

"서둔다고 서둘렀건만……."

그의 불길한 예감대로, 일각은 너무 긴 시간이었다. 그사이에 이런 희생자들이 생겼으니.

"네놈은 뭐지?"

도철은 갑작스레 등장한 노인을 경계하며 물었다. 아무런 기척을 느끼지 못했기 때문이다.

노인, 아니, 산인은 도철이 뽑아낸 여덟의 기운을 담담히 보았다.

"확실히 네놈은 도철이로구나."

대면하니 알 수 있었다. 저놈은 인간의 껍데기를 뒤집어썼을지언정 분명 흉수다.

"호오? 나를 안다고?"

가소롭다는 듯 산인을 보며 말했다. 그러나 그의 양손은 축축이 젖어 들고 있었다.

대면하는 것만으로도 눈앞의 상대가 보통이 아님을 알 수 있었다. 자신에게 공포를 선사했던 그놈과는 또 달랐다.

본능적인 거부감이 눈앞의 노인에게서 느껴졌다.

"장 공자는 어찌 되었는가? 분명 만났을 터인데?"

이런 기운을 뿌리는 녀석을 홍원이 놓쳤을 리는 없었다. 분명 맞부딪혔을 것이다.

그럼에도 도철이 읍성에 나타났다는 사실에, 산인은 홍원에 대한 걱정을 할 수밖에 없었다.

"큭, 감히 어떤 놈이 본좌를 막을까?"

도철은 기운을 끌어 올리며 촉수를 열 개로 늘렸다.

허장성세였다. 현재 그는 여덟 개가 한계인 상황이었다. 그것을 억지로 열 개로 만든 것이다.

"죽어라!"

먼저 공격한 것은 도철이었다. 열 개의 촉수가 순식간에 산인의 방위를 점하며 날아들었다.

산인은 담담하니 검을 뽑아 휘둘렀다.

영롱한 기운이 담긴 검이었다. 강기와는 전혀 다른 기운이었다.

그 검에 닿는 순간 도철의 기운은 흔적도 없이 사라졌다.

도철은 겁에 질린 얼굴로 주춤주춤 물러섰다. 저 검에 어린 기운은 절대 잊을 수 없는 기운 아니던가.

흉수와는 상극을 이루는 기운이었다.

"여, 여, 영기라니… 네, 네놈. 그, 그래. 중심의 하수인이로구나!!!"

도철은 발악하듯 외쳤다.

중심이 모르고 있다 여겼건만 중심의 하수인을 만나다니.

아무리 상극인 기운이라 하더라도 더 큰 기운으로 덮을 수 있었다.

거대한 산불은 한 양동이의 물로 끌 수 없고, 거대한 빙하는 모닥불로 녹일 수 없듯이.

하지만 지금은 아니다. 자신의 기운이 오히려 더 적었다.

그러면 상극인 기운에 더욱더 약해진다.

"으, 으으으……."

도철이 덜덜 떨었다.

저놈을 상대하려면 방법은 하나뿐이다.

인간의 껍데기를 벗고 본신을 드러내면 된다. 그러나 그럴 수가 없었다.

그러면 중심에서 단번에 자신의 존재를 감지할 테니까.

그 괴물들이 순식간에 뛰쳐나올 테니까.

절대 그럴 수 없었다.

"차라리 잘된 일인지도 모르겠구나. 네놈이 이곳에 나타났으니. 내가 너무 늦어 희생된 생명들에게는 너무도 죄스럽지만… 그것은 네놈을 단죄하는 것으로 용서를 구하도록 하지."

검에 어렸던 기운이 산인의 전신에서 폭사했다.

한 걸음 내디딘 순간 산인의 검은 어느새 도철의 한쪽 팔을 갈랐다.

그대로 팔이 스러져 사라졌다.

도철의 기운에 절대 상극인 영기의 힘이었다. 도철은 겁에 질려 마구잡이로 도망치려 했으나, 쉽지 않았다.

산인이 순식간에 따라붙어 검을 휘둘러 댔다.

사람들은 넋을 잃고 그 모습을 바라보았다. 대체 저 노인은 어디서 나타난 사람일까?

검선이 다시 나타난다면 저런 모습일까?

그 정도로 압도적이고, 절대적이었으며, 신비롭고, 성스럽기까지 했다.

"으아아악."

도철이 비명을 지르며 마구 날뛰었다. 잘린 팔이 뭉클거리며 재생이 되었지만 그럴 때마다 도철의 촉수가 작아지고 있었다.

재빨리 주변의 사람들을 탐식하려 하였지만 그때마다 산인이 촉수를 소멸시켰다.

도철이 그나마 이렇게 버티는 것은 산인이 사람들을 지키려 한다는 것을 알고 마구잡이로 사람들을 향해 촉수를 날린 덕이다.

'자, 잠깐.'

그때 문득 도철의 머릿속에 떠오르는 것이 있었다.

자신이 저 빌어먹을 영감을 보고 외쳤던 말.

중심의 하수인.

자신이 알던 하수인과는 다른 이였지만 그럴 수 있었다. 이미 수천 년의 세월이 흘렀으니까.

그럼에도 변하지 않은 것이 있을 터이다.

'저놈들은 제약이 있었지.'

그것을 깨닫는 순간 도철은 달렸다. 사방으로 자신의 촉수를 날리며 전력으로 동쪽을 향해 달렸다.

"어딜!"

산인은 촉수를 일일이 소멸시키며 그 뒤를 쫓았다.

수가 줄고, 굵기가 줄고, 길이도 짧아지고 있었으나 도철은 아랑곳 않고 그렇게 달렸다.

산인이 전력을 다해 쫓으려 했으나, 더 이상은 단 한 명의 희생자도 없게 하려 했기에 도철을 잡을 수가 없었다.

자신이 도철을 죽이더라도, 그 직전에 저 촉수에 닿은 이는 기운을 빨려 목내이가 되어버릴 테니까.

그것이 산인이 알고 있는 도철의 권능이었다.

그랬기에 일일이 촉수를 소멸시키고 있었고, 도철과의 거리를 좁히지 못했다.

읍성 동쪽으로 십 리 떨어진 지역을 도철이 통과하는 순간.

산인은 걸음을 멈췄다.

여기까지였다.

산인에게 허락된 거리는.

아쉽고도 분노한 눈으로 산인은 멀어지는 도철의 모습을 보았다.

"허어, 안타깝구나……."

산인은 중심에서 도철을 감지하지 못한 이유를 알았다.

인간의 껍데기를 뒤집어썼다. 어찌 그것이 가능한지는 모르겠으나, 저놈이 인간의 껍데기를 뒤집어쓰고 있는 한 중심은 움직이지 않을 것이다.

"꽉 막힌 존재들 같으니라고."

거기에 생각이 미치자 절로 그 존재들을 향한 원망이 입 밖으로 나왔다.

"응?"

그때 산인은 빠른 속도로 자신을 향해 다가오는 존재를 느꼈다. 익숙한 기운이었다.

"장 공자!"

산인이 놀라서 외쳤다. 도철에게 화를 당한 것은 아닌가 걱정했었는데 오히려 더욱더 높은 경지의 모습으로 나타났다.

"어르신!"

홍원은 산인의 앞에 멈췄다.

"이게 어찌 된 일인가?"

"모두 제 불찰입니다……."

홍원은 붉게 변한 얼굴로 고개를 숙였다. 그의 두 눈은 핏발이 가득 서 있었고, 입술은 피가 흘러내리고 있었다.

자신의 입술을 물어서 흘러내리는 피였다.

"읍성은 어찌 되었습니까?"

홍원이 떨리는 목소리로 물었다.

"몇몇 무사들이 화를 입었네만… 대부분 무사하다네."

그 말에 홍원은 산인에게 허리를 숙였다.

"감, 감사합니다, 어르신."

"아니야. 도철을 제거하는 것은 오히려 나의 일이네. 다만 제약이 있기에 자네에게 부탁을 한 것이지."

홍원은 그 제약이라는 것 때문에 산인이 이곳에 있음을 느꼈다. 그렇다면 이제부터 자신의 차례였다.

자신의 모자람으로 하마터면 큰일이 날 뻔하지 않았던가. 그것을 막아준 은인이 산인이었다.

"그럼, 저는 저놈을 족치러 가보겠습니다. 그사이 읍성을 부탁드리겠습니다."

그리고 홍원은 다시 도철의 뒤를 향해 땅을 박찼다.

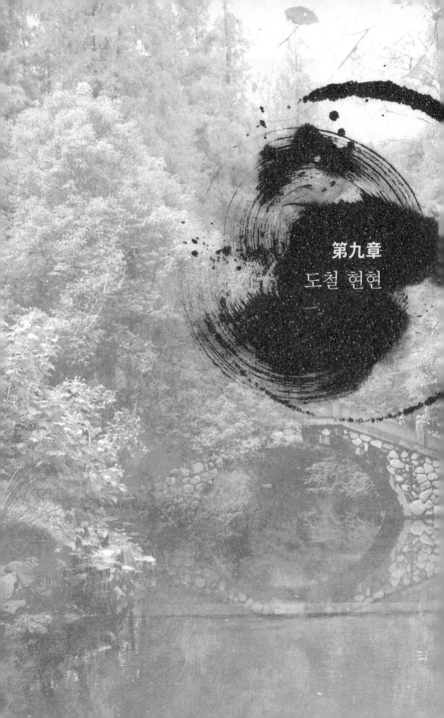

第九章
도철 현현

　산인은 홍원의 뒷모습을 물끄러미 바라보았다.

　"허어, 며칠 사이에 무슨 일을 겪었기에 저런 경지에… 능풍만리행도 완숙하구만."

　홍원과 도철 사이에 무슨 일이 있었는지는 모른다.

　다만 홍원이 무사히 나타났다. 그것도 이전보다 더 강해졌다. 이제 자신이 걱정할 일은 없을 것이다.

　산인은 천천히 읍성으로 걸음을 옮겼다.

　홍원은 전력으로 달렸다. 달리는 와중에도 끊임없이 지난 일이 생각났다.

　아무리 무아지경에 들었다 하지만, 어찌 하루를 꼬박 그럴 수 있었을까.

근처 마을에 들러 하루의 시간이 흘렀다는 것을 알고 얼마나 놀랐던가.

그 뒤로 잠도 거의 자지 않고 달렸다. 먹는 것도 최소화했다. 그 탓에 지금 몸 상태는 엉망이었다.

다만 정신은 스스로에 대한 분노와 자책으로 잔뜩 벼려져 있었다.

무아지경의 깨달음의 감각과 환희에 너무 취했다. 자신이 조금만 더 제정신을 가졌다면 중간에 무아지경을 깰 수 있지 않았을까란 후회가 계속됐다.

만약 가족들이나 지인들에게 무슨 일이 있다면 자신은 제대로 하늘을 볼 수 없을 것이다.

다행히 산인이 막아준 듯하지만 후환을 남겨서는 안 된다.

도철이 왜 읍성으로 향했는지는 모른다. 하지만 한 번 왔던 놈이 두 번은 안 올까?

멸해야 했다.

사실 도철과 싸우면서 무아지경에 들지 않았다면 그렇게 도철을 압도할 수는 없었다. 그럼에도 무아지경에 들어 깨달음의 쾌락에 취해 있었던 스스로를 용서할 수 없었다.

땅을 박차는 속도가 점점 더 빨라졌다. 능풍만리행의 한계를 넘어선 속도였다.

이윽고 도철의 뒷모습이 보였다.

읍성과 성현성 중간의 황무지 초원이었다.

발견하는 순간 의지가 움직였다. 도철의 머리 위에 두 자루의 검과 도가 나타났다.

적도강과 백검강.

영롱하면 반투명한 그것들이 곧장 도철에게 날아갔다.

"응?"

머리 위에서 갑자기 느껴진 어마어마한 기세에 도철이 몸을
틀었다.

"크윽."

단번에 꿰뚫리는 것은 피했으나 한쪽 팔이 떨어졌다.

"네, 네놈은?"

자신을 향해 달려오는 홍원을 발견한 도철은 대경했다. 언제
이곳까지 쫓아왔단 말인가.

중심의 하수인에게서 도망치는 데만 집중한 나머지 전혀 느
끼지 못했다.

머리 위에서 느껴지던 그 무시무시한 기세가 아니었다면, 쥐
도 새도 모르게 뒤를 잡혔을지도 몰랐다.

홍원은 일단 도철의 발을 붙잡자, 무시무시한 기세로 그를
향해 달려갔다. 홍원의 얼굴은 악귀같이 변해 있었다.

어느새 양손에는 단하와 흑운이 들려 있었다.

문답무용.

홍원은 아무런 말없이 살벌한 기세로 도철을 향해 달려들었
다.

영롱한 강기를 머금은 두 병기는 일말의 자비도 없이 도철을
향해 날아들었다.

서걱.

서걱.

섬뜩한 절삭음이 울릴 때마다 도철의 손목이 잘리고 팔꿈치가 날아가고 다리가 떨어져 나갔다.

"크아아아… 크아……!"

도철의 입에서 연이어 비명이 터져 나왔다. 잘린 상혼에서는 뭉클뭉클 검은 기운이 흘러나왔다.

한데 이전에 비해서 그 빛이 무척이나 연해져 있었다.

읍성에서 소모한 기운 때문이었다.

발아에 소모한 기운 때문에 잘린 부분의 수복이 늦어지고 있었다.

아니, 애초에 순식간에 잘려 나가는 사지를 쉬이 수복할 수도 없었다.

한쪽 다리를 잃고 휘청거리는 도철을 홍원이 각법으로 높이 차 올렸다.

"크윽."

팔다리가 잘린 통증이 채 가시기도 전에 복부에 둔중한 통증이 다시 밀려 왔다.

허공으로 붕 뜬 도철을 향해 홍원도 몸을 날렸다.

아무것도 없는 허공을 밟고 올라서는 허공답보의 신위를 보이며 도철을 향해 다가간 홍원의 단하와 흑운이 날카로운 기세의 혀를 날름거렸다.

도철은 직감했다.

이번 공격으로 자신은 죽는다.

아무것도 못 하고 허무하게 죽는다.

그럴 수는 없었다.

중심의 눈을 피하기 위해 인간의 껍데기를 뒤집어쓰고 있지만, 자신은 흉수 도철이다.

고작 인간 따위에게 이리 허무하게 죽을 수는 없었다.

죽음을 눈앞에 두니 중심에 대한 두려움이 사라졌다. 아니, 그럴 리가 없었다.

도철의 본성 중 하나가 두려움이다.

다만 씨앗을 발아시켰기에, 그 씨앗은 절대 중심의 눈에 띄지 않을 터라 마음을 먹은 것이다.

한낱 인간에게 이렇게 무참하게 당해 목숨을 잃는 것은 흉수로서의 자존심으로 절대 허락할 수 없는 일이었다.

"크아아아앙!!!"

단하와 흑운이 닿기 직전 도철의 입에서 짐승의 울음이 터져 나왔다.

인간의 입에서 나올 수 있는 울음이 아니었다.

홍원은 그런 도철을 아랑곳 않고 그의 몸을 베었다.

양 대각으로 잘린 몸체에서 다시 검은 기운이 뭉클거리며 솟았다.

그러나 지금까지와는 달랐다.

땅으로 후드득거리며 떨어져야 할 몸이 여전히 허공에 떠 있었다.

잘린 곳에서 나오는 기운은 모든 빛을 삼킬 듯이 깊은 어둠을 간직하고 있었다.

팔다리가 잘리며 나온 옅은 기운과는 질적으로 달랐다.

[크크크크.]

홍원의 머릿속에 기분 나쁜 웃음이 들렸다.

뭉클뭉클 피어 오른 기운은 도철의 몸을 모두 덮었다. 땅에 떨어져 있던 팔다리도 어느새 떠올라 기운 속으로 사라졌다.

[네놈, 지옥보다 깊은 고통을 맛보게 해주마.]

검은 기운은 잠시 동안 검은 구름이 되어 허공에 떠 있었다.

홍원 역시 여전히 허공답보의 수법으로 허공에 발을 딛고 그 모습을 지켜보고 있었다.

아니, 지켜보지 않았다.

"실수는 한 번으로 족해."

도철이 만들어낸 검은 기운 주위로 적도강과 백검강이 모습을 드러내기 시작했다.

하나, 둘, 셋, 넷…….

각 열 개의 적도강과 백검강.

모두 스무 개의 강기였다.

홍원의 의지와 함께 강기가 검은 구름 속으로 파고들었다.

[크악, 크아아악!]

홍원의 머릿속에 도철의 비명이 울렸다. 그 비명에 홍원은 곧장 검은 구름을 향해 달려들었다.

적도강과 백검강이 놈에게 타격을 줄 수 있다는 것을 알았으니 직접 베어 조각낼 심산이다.

홍원이 막 구름에 닿으려는 찰나, 거대한 동체가 땅으로 떨어져 내렸다.

쿠웅.

둔중한 소리와 함께 땅이 울렸다.

사나운 눈을 한 도철이 허공의 홍원을 분노에 찬 눈으로 노려보았다.

[네놈!!!]

그의 몸에 스무 개의 적도강과 백검강이 꽂혀 있었다.

흉측하게 생긴 얼굴이 더욱 흉측하게 일그러져 있었다. 눈, 코, 입의 위치와 모양으로 보아 사람과 비슷하게 생긴 얼굴이다.

다만 머리에 솟은 거대한 뿔과 툭 튀어나온 송곳니가 놈이 사람이 아닌 짐승, 아니, 흉수임을 알게 해줬다.

온몸이 털로 뒤덮여 네 다리와 두 팔을 가진 놈은 높이가 십 척(약 3미터)에 이르렀다.

그런 놈의 몸 곳곳에 강기가 꽂혀 있었고, 그 사이로 검은 피가 흘러내리고 있었다.

"크아아아앙!!!"

놈은 다시 한 번 크게 울부짖었다.

몸에서 검은 기운이 뭉클거리며 피어오르더니 홍원의 강기가 모두 사라졌다.

홍원은 그런 도철을 내려다보더니, 빠른 속도로 그를 향해 달려들었다.

두 자루의 검과 도가 도철의 몸 곳곳을 노리며 날아들었다.

하나 도철의 팔에서 솟아난 뿔이 그런 홍원의 공격을 모두 막았다.

[한낱 인간 따위가 감히 흉수를 상대할 수 있을 성싶으냐!]

도철의 의념은 으르렁거리는 듯했다.

홍원은 아무 말도 하지 않고 그저 검을 휘두를 뿐이다.

그때.

무아지경에 빠져 휘둘렀던 그것이 다시 한 번 도철의 몸을 노리고 현묘한 움직임을 일으켰다.

무유심법의 천선.

무유심법의 무유팔절검해.

아직 명상을 통해 제대로 정리하지 못했다. 그러나 홍원은 어느 정도 느낌으로 알 수 있었다.

무유심법은 천선심법의 아래가 아니라 그저 또 다른 모습일 뿐이다.

사부가 그렇게 만들어 자신에게 전수해 주었다.

검과 도의 영롱한 빛의 깊이가 더욱더 심오해졌다.

도철의 몸에서 무수히 많은 검은 촉수가 솟아나 홍원을 향해 날아갔다.

그러나 홍원의 검과 도에 부딪히는 순간 순식간에 소멸되었다.

그 모습에 도철은 흠칫했다.

이미 한 번 겪어보지 않았던가. 도철은 자신도 모르게 머리

위를 올려다보았다.

그것은 본신의 모습인 지금 당해도 상당히 위험한 위력을 지니고 있었다. 그러나 다행히 없었다.

그럼에도 도철은 끊임없이 주변을 경계했다. 어디서 그 무시무시한 공격이 날아들지 몰랐으니까.

도철의 뿔과 홍원의 검이 부딪히고, 홍원의 도를 도철의 뿔이 막았다.

양팔이 어지러이 움직였다.

검, 도와 뿔이 서로 힘겨루기를 한다 싶은 순간, 또 다른 뿔이 솟아나 홍원을 노리기도 했다.

홍원은 부드럽게 몸을 움직여 그런 공격을 모두 피했다. 일부는 막았다.

두 사람의 공방이 계속될수록 도철의 뿔에 상처가 점점 더 심해졌다.

"크르르릉."

사나운 울음이 도철의 입에서 흘러나왔다.

홍원은 무아에 빠지는 것을 경계했다. 같은 실수를 반복할 수 없었다.

무아에 들더라도 그것은 이놈을 완벽하게 끝장낸 후의 일이다.

그럼에도 홍원의 검과 도의 움직임에 어린 현묘함이 더욱더 깊어졌다.

강기의 빛깔도 더욱 신비하게 변했다.

신성하기까지 한 모습이었다.

그럴수록 도철의 뿔에 손상이 심해졌다.

[이, 이것은…….]

이럴 수는 없었다. 처음에는 몰랐다. 그런데 지금은 아니다.

부딪히면 부딪힐수록 놈의 기운이 변해가고 있었다.

인간들이 수련하여 몸에 쌓는 내공이라는 기운이 아니었다. 아니, 분명 처음에는 그 내공이라는 것이었다.

헌데 점차 그 성질이 바뀌고 있었다.

단순히 내공이라는 것이라면, 자신의 기운을 소멸시키지 못한다. 오히려 흡수당할 뿐이다.

자신의 기운에 저항할 수 있는 특성을 가져야만 이런 모습을 보일 수 있었다.

그중 하나가 읍성의 그 계집이 보인 뇌기였다. 하나 뇌기라 하더라도 이렇게 무력하게 자신의 기운이 스러지지 않는다.

그 계집도 자신의 기운을 막는 데 급급하지 않았던가. 당시 사용할 수 있는 촉수가 하나여서였지, 두 개만 되었더라도 그 계집을 먹어치웠으리라.

지금 홍원이 보이는 기운은 그것이었다.

아니, 점점 그것이 되어 가고 있었다. 그것을 깨달은 도철의 얼굴은 점차 겁에 질려갔다.

'어, 어떻게… 아무것도 아닌 한낱 인간 따위가…….'

도철은 이 상황을 받아들일 수가 없었다. 그러나 받아들여야 한다.

지금 눈앞에서 일어나고 있지 않은가.

저놈이 사용하는 기운은 분명 중심의 하수인이 보여주었던 영기였다.

분명 중심과는 아무 관련이 없는 놈이었는데 어떻게 이럴 수가 있는가.

도철이 두 눈을 데굴데굴 굴렸다.

씨앗을 발아시켰기에 향산의 중심도 상관없다는 심정으로 본신으로 현현했건만.

위기가 닥치자 겁쟁이의 본성이 다시 고개를 든 것이다.

중심에서 아직 이 자리에 아무도 나타나지 않았기 때문인지도 몰랐다.

지금 자신과 싸우고 있는 이 녀석 정도의 기운이라면, 적어도 아직은 도망칠 틈이 있을 것 같았기 때문이다.

시간이 더 흐르면 도망조차 불가능할 것 같았다.

도철의 머리가 교활하게 돌아갔다.

이놈을 다시 마주쳤을 때의 모습을 떠올렸다. 마치 무언가을 잃은 놈처럼, 악귀 같은 얼굴로 자신을 향해 달려들었다.

자신과 처음 만난 곳에서 누군가를 잃었다면 그러지 않을 것이다. 멀리 떠나는 자신을 굳이 쫓아왔다면.

'그곳에 소중한 것이 있다는 거로군.'

도철은 대번에 읍성을 떠올렸다.

[큭큭큭, 이렇게 나에게 화풀이해 봐야 아무 소용 없다. 내가 지나온 성의 인간들을 모두 먹어치웠으니, 크크크]

도철은 홍원이 자신이 지나온 성의 상황을 모른다고 확신했다. 그곳이 무사하다는 것을 알았다면 지금의 악귀 같은 모습은 보이지 않았을 테니까.

그랬기에 도발을 하는 것이다.

홍원이 더욱 분노하여 틈을 보이기를 바라며.

그런 틈만 보이면 자신은 얼마든지 저놈으로부터 도망칠 수 있다고 확신했다.

본신인 지금 자신이 달리기 시작한다면 절대 쫓지 못한다.

다만 현재로서는 달릴 틈을 찾을 수가 없었다.

[그곳의 인간들은 특히나 맛있더군, 큭큭.]

도철은 계속해서 홍원을 자극하고 도발했다. 무언가 반응이 나타나기를 기대하면서.

그러나 도철은 몰랐다.

홍원이 자신을 읍성에서 도망치게 만든 산인과 친분이 있고, 그를 이미 만나고 왔음을.

홍원은 분명 자극을 받고 있었다.

도철의 같잖은 수작에 분노를 느끼고 있었으나, 그것은 스스로를 향한 것이었다.

애초에 그곳에서 도철을 처리했으면, 저딴 수작을 부릴 일도 없었다.

다만 무아지경의 깨달음이 없었다면, 지금 본신으로 변한 도철을 상대하기는 어려웠을 것이다.

무유심법에 대한 새로운 깨달음으로 만들어낸 강기가 있었기에 도철의 본신을 상대할 수 있음을 홍원도 느끼고 있었다.

홍원의 검과 도는 도철의 도발에도 더욱 날카롭게 움직였다.

'큭, 어떻게 더욱 냉정해질 수가……'

교활하였으나 모든 것을 알 수는 없었다.

일단 자신의 계획이 실패하자 도철은 더욱 거칠게 움직였다. 도주할 틈을 만들기 위해서였다.

손목에서 순식간에 네 개의 뿔이 솟아나 홍원의 팔을 노렸다. 홍원은 순식간에 검을 역수로 바꿔 쥐고 크게 휘돌리는 것으로 도철의 뿔을 모두 잘라 버렸다.

강기가 점점 더 벼려지고 있었다.

갑작스레 만들어낸 뿔은 이제 홍원의 강기에 속절없이 베여 나갔다.

오직 양팔의 커다란 뿔 두 개만이 홍원의 강기를 막을 수 있었다.

물론 막을 때마다 깊게 파이며 둔중한 충격을 받았다.

계속해서 수복을 하고 있지만, 점점 더 깊이는 깊어만 졌다.

"크으으으으앙!"

도철이 다시 한 번 크게 울음을 터뜨렸다.

보통 사람이라면 울음에 노출된 것만으로도 온몸이 뻣뻣하게 굳을 기운이 담겨 있었으나 홍원에게는 해당 사항이 없었다.

오히려 더욱 변화무쌍하게 움직이며 도철을 공격했다.

도철은 점점 더 위기에 몰리고 있었다.

이럴 수는 없었다.

이렇게 속절없이 영기에 당할 수는 없었다.

도철의 몸에서 다시 수십 개의 검은 기운의 촉수가 솟아올라 홍원을 향해 날아갔다.

홍원이 검과 도를 휘둘러 기운을 일일이 소멸시켰다.

그러나 하나를 소멸시키면 두 개가 날아왔다.

아무리 홍원이라도 저 촉수에 닿으면 기운을 빼앗긴다. 강기로 온몸을 두르지 않는 이상은.

그랬기에 촉수를 무시할 수 없었다.

그사이 도철은 기운을 모았다.

이걸로 놈을 어찌할 수는 없다는 것은 안다. 하지만 도망갈틈은 만들 수 있으리라.

도철은 촉수로 홍원을 공략하는 한편 끊임없이 위치를 바꾸며 적당한 자리를 찾았다.

준비한 기운을 모두 모으고 정확한 위치를 찾았다.

이곳은 읍성의 동문과 정확히 일직선에 위치했다.

[죽어라!!!!]

도철은 강렬한 의념을 보내며 홍원을 향해 입을 쩍 벌렸다.

그 순간 홍원을 괴롭히던 촉수가 모두 사라지나 싶더니, 도철의 입에서 검고 검은 강기가 홍원을 향해 쏘아져 나왔다.

농밀하고도 농밀하게 모인 기운이었다.

홍원은 그것을 보는 순간 막아야 한다고 직감했다. 피하는순간, 읍성까지 날아갈 것 같았다.

그 정도로 응축된 기운이었다.

온몸의 내공을 끌어 올렸다. 두 개의 단전은 지속적으로 내공을 주고받으며 어마어마한 양의 내공을 만들어냈다.

홍원의 단하와 흑운에 반투명한 강기가 더욱 크게 어렸다.

단하와 흑운을 교차했다.

두 발을 땅에 굳건히 디디고 도철의 입에서 뿜어져 나온 기운을 그대로 막았다.

콰아아아아아앙!!!

기운과 기운의 부딪힘의 폭음이 커다랗게 울렸다.

홍원의 두 다리가 뒤로 주욱 밀렸다. 깊은 고랑이 파였다.

과연 엄청난 위력이었다. 그럼에도 홍원은 버티고 섰다. 충분히 막을 수 있는 공격이다.

홍원의 몸에서 더욱 커다란 기운이 솟아났다.

도철은 그걸로 만족했다. 절대 피할 수 없는 곳을 향해 공격을 했고, 그것을 막을 수밖에 없게 했다.

그 덕에 만들어진 틈.

너무 많은 기운을 소모했으나, 자신의 권능이라면 능히 도망칠 수 있다.

튼튼한 네 개의 다리는 그 무엇보다 빨리 달릴 수 있으니까.

홍원이 뒤로 주욱 밀린 것을 확인하고는 입을 다물고 몸을 돌렸다. 그리고 전력으로 달렸다.

도철이 날린 기운은 여전히 홍원과 힘겨루기 중이었다.

홍원의 두 눈에 도망가는 도철의 모습이 똑똑히 보였다. 절대 그냥 보내줄 생각이 없었다.

의지가 움직이는 순간, 수많은 적도강과 백검강이 도철의 주변에 나타났다.

의지가 발현하는 곳에 현현할 수 있게 되었다. 그 수도 훨씬 늘어났다.

더욱이 도철이 두려워하는 영기를 머금은 강기였다.

슉, 슈슉.

도철을 향해 날아들었다.

그러나 도철은 빨랐다. 그야말로 일수유의 차이로 모든 것을 피하고 달렸다.

여전히 홍원의 시선에 도철이 있었기에 다시금 수많은 강기가 허공에 나타났다.

슈슈슉.

일부는 도철을 향해 날아갔고, 일부는 진로를 방해하며 날아갔다.

홍원도 당장 저것으로 도철을 잡을 생각은 아니었다. 그저 그의 발을 잡으려는 용도다. 지금 달려가는 속도를 보니, 제대로 달리기 시작하면 홍원으로서는 잡을 수 없었다.

자신의 눈에 보일 때, 자신의 의지를 그곳으로 발현시킬 수 있었기에 어떻게는 시선 안에 붙잡아두려는 것이다.

그사이 도철이 쏘아낸 기운이 점차 흩어지기 시작했다.

홍원의 몸에서 더 큰 기운이 솟아오르며 완전히 그 기운을 소멸시켰다.

그리고 곧장 홍원이 땅을 박찼다.

도철은 여전히 홍원의 강기를 피하며 치달렸다. 예상치 못한 방해 때문에 아직 최고 속도에 이르지는 못했지만 이제 곧이다.

도철은 이를 악물고 달렸다.

홍원은 지속적으로 의지를 발현했다. 그러면서 한 곳으로 도철을 몰았다.

도철은 달리기에 집중하느라 홍원이 의도적으로 그를 한 곳으로 몰고 있다고는 상상도 하지 못했다.

그러나 이내 알아차렸다.

허공에 둥둥 떠 있는 존재를 본 것이다.

'어… 어… 언제……'

혹시나 저것이 나타나지 않을까 끊임없이 살폈으나 없었다. 그런데 도망치는 길 한가운데에서 자신을 기다릴 줄이야.

영롱하게 빛나는 어른 주먹만 한 빛의 구슬.

일전에 홍원에게 당한 것보다 훨씬 크고 강대했다. 거기에 영기마저 머금고 있지 않은가.

'크윽.'

도철은 멈출 수밖에 없었다. 계속해서 달리는 순간 저 빛의 구슬에 스스로 돌진하는 꼴밖에 되지 않는다.

그 순간 홍원이 날린 강기가 날아왔다.

속도가 줄어든 이상 거리낄 것이 없었다.

"크허허헝."

강기가 도철의 네 다리를 휩쓸고 지나갔고, 도철의 입에서 울음인지 비명인지 모를 소리가 터져 나왔다.

도철은 형편없는 모습으로 땅을 뒹굴었다. 황급히 네 다리를 수복하려 하였으나 어쩐 일인지 그 속도가 지극히 늦었다.

'비, 빌어먹을 영기.'

홍원의 강기 속에 함께 있는 영기 때문이었다.

그사이 홍원이 도착했다.

"이제 완전히 끝이다, 도철."

홍원이 담담히 말했다. 도철의 두 눈은 여전히 살고자 하는 욕망으로 가득했다.

홍원은 담담히 빛의 구슬을 바라보았다.

이놈을 놓치면서까지 얻은 깨달음의 결정체였다. 도철과 싸우는 와중에 의지로 만든 빛의 구슬이다.

강기환과는 또 달랐다.

가진 기운의 성질이 다르다는 것은 홍원도 마주하는 순간 알 수 있었다.

도철이 자신과 싸우는 동안 계속해서 두리번거리는 모습으로 홍원은 그가 강환을 두려워하는 것을 알아차렸다.

그래서 아주 멀리, 의지만이 닿는 이곳에 만들어두었다.

결정적일 때, 불러오면 될 일이니까.

그런데 도철이 도망가려 했다. 그것도 홍원으로서는 절대 쫓을 수 없는 속도였다.

그랬기에 이리로 몰았다.

그리고 이제 마지막만을 남겨놓고 있었다.

홍원은 도철에게서 일정 거리를 두고 떨어졌다. 저 구슬의 위력은 홍원으로서도 상상이 가지 않았으니까.

"가라, 광옥(光玉)."

홍원이 만들었음에도, 홍원도 이제야 처음으로 마주한 빛의 구슬.

보는 순간 광옥이라는 이름이 절로 떠올랐다.

홍원이 중얼거림과 동시에 의지가 움직였고 광옥은 천천히 도철을 향해 움직였다.

극쾌의 속도로 날릴 수도 있었으나, 일부러 천천히 움직였다.

광옥이 다가옴에 따라 겁에 질려 발버둥치는 도철의 모습을 가만히 보았다.

이것은 그간 도철이 잡아먹은 사람들을 대신해 홍원이 내리는 벌이었다.

죽는 그 순간 극한의 공포를 느끼게 하려는.

광옥이 천천히 다가와 서서히 도철의 몸에 닿았다.

홍원은 커다란 기운의 폭풍을 예상했으나 그런 일은 없었다.

대신 광옥에 닿는 도철의 몸이 깨끗하게 소멸하기 시작했다.

"크허허허허헝!!!"

공포에 젖은 울부짖음이었다.

홍원은 그 소리만 들어도 그 속에 깊이 박힌 감정을 느낄 수 있었다.

그 울음을 듣는 홍원의 입가에 아주 작은 미소가 어렸으나, 그 미소에는 짙은 슬픔이 묻어 있었다.

'아, 안 돼, 안 돼, 안 돼!!!'

도철은 미칠 것만 같았다. 벌써 몸의 이 할이 사라졌다.

[사, 살려줘! 제발 살려줘! 대륙을 떠날게! 사람이 그 누구도 없는 북해 구석으로 갈게! 제발 살려줘!!]

이윽고 도철은 홍원에게 사정하기 시작했다. 어떻게든 살아야겠다는 욕망이 절절히 느껴졌다.

그러나 홍원은 무표정하게 도철을 바라볼 뿐이다. 어느새 작은 미소도 사라지고 없었다.

광옥이 도철의 구 할을 소멸시키는 순간 거대하고도 밝은 빛이 터져 나왔다.

빛의 폭발이었다.

말 그대로 빛이 터져 나오기만 할 뿐, 광풍도 폭음도 폭발도 없었다.

광옥이 찬란한 빛을 뿌리며 도철을 완벽하게 소멸시켰다.

마지막 순간에 터져 나온 너무나도 밝은 빛 때문에 홍원은 순간 눈을 찡그렸다.

그랬기에 홍원은 미처 보지 못했다.

가장 마지막에 소멸된 도철의 얼굴을.

그의 입꼬리가 작은 미소를 짓고 있음을 알아차리지 못했다.

그렇게 홍원은 도철이 완벽히 소멸됨을 끝까지 지켜보았다.

"후우……."

깊은 한숨이 터져 나왔다.

그리고 그 자리에 털썩 주저앉았다.

극심한 피로가 몰려왔다. 당장에라도 읍성으로 돌아가고 싶었으나 그럴 기운이 없었다.

광옥이 폭발하는 순간, 홍원의 몸에서 기운이 쑥 빠져나갔다.

이것은 홍원도 미처 예상하지 못한 일이었다.

그랬기에 홍원은 그냥 누워서 눈을 감았다. 손가락 하나 까
딱할 수 없었으니까.

"딱 한숨만……."

그렇게 중얼거린 홍원은 눈을 감았다. 그러고는 금세 잠에
빠져들었다.

그렇게 홍원이 잠이 빠져들고 반 시진 후.

흑발, 흑염의 사내가 그곳에 나타나 자고 있는 홍원을 물끄
러미 바라보았다.

홍원은 바로 곁에 사람이 나타났음에도 그 기척을 느끼지
못한 듯 여전히 깊은 잠에 빠져 있었다.

"흥미롭군."

사내는 홍원을 내려다보며 중얼거렸다.

수천 년을 쫓던 도철이 나타난 것을 느꼈다. 마침 자신이 긴
잠에서 깨어난 지 일 년 만에 나타난 것인지라 직접 움직였다.

그렇잖아도 산인이 도철의 소행으로 의심되는 일이 중원에
서 벌어진다 하여 전 중원을 한번 살피지 않았던가.

그때는 분명 도철의 기운을 느낄 수 없었다.

그런데 이렇게 갑자기 뜬금없이 이곳에 나타났다가 소멸되
다니.

그가 이곳에 도착한 것은 도철이 본신으로 돌아오고 정확히

반의 반각(약 3~4분) 후였다.

그때 도철과 치열하게 싸우는 사람을 보았다. 재미있었기에 지켜보았건만 설마 도철을 소멸시킬 줄이야.

정말로 흥미로웠다.

"뒤틀림이라……."

그 말을 남기고 그는 순식간에 사라졌다.

『홍원』 10권에 계속…